Welt ohne Wille und außerhalb der Vorstellung –
Eine Reise durch Absurdistan.
Ein Essay über die Sinnhaftigkeit.

Christian Alois Kolbenschlag

© 2025 Christian Alois Kolbenschlag
Verlag: BoD · Books on Demand GmbH,
Überseering 33, 22297 Hamburg, bod@bod.de
Druck: Libri Plureos GmbH,
Friedensallee 273, 22763 Hamburg
ISBN: 978-3-8192-5035-4

*Gewidmet meiner lieben Frau, die mich **so** ertragen muss...*

Warnung!

Dieses Buch wiegt schwer und ist schwer zu lesen! Die wahren und kostbaren Dinge im Leben unterliegen nun mal nicht *Geiz ist geil* und ich nicht der *easy going*-Mentalität! Ehrlich, nichts im Leben und nichts auf dieser Welt und in diesem Land ist *easy going*, wenn man die wahre Übersetzung des Begriffes beachtet. Daher habe ich mich entschieden, die Dinge in ihrer Wahrheit darzustellen, so wie Mensch sie jeden Tag erleben muss. Und das ist in der Tat eine *Welt ohne Wille und außerhalb der Vorstellung* und eine *Reise durch Absurdistan*.

Über den Autor:

Christian Alois Kolbenschlag, geb. 1969, Dr. med., Arzt, Künstler, Gesellschaftskritiker und vor allem Mensch, schreibt über Zustände in Staat und Gesellschaft, die Tiefgründe und Abgründe des Menschseins und den Sinn allen Seins an sich.

Des Menschen Wille ist sein Himmelreich (Sprichwort)

In seinem Hauptwerk Die Welt als Wille und Vorstellung *entwirft Schopenhauer[1] eine umfassende Willensmetaphysik. Kant[2] aufgreifend geht Schopenhauer von dem apriorischen Grundsatz aus, dass für den erkennenden Menschen die Welt nur als Vorstellung gegeben ist, d.h. nur in Beziehung auf ein Vorstellendes, das er selbst ist.*

Vorab:

Ich möchte die Menschen und den Leser nicht damit ermüden, dass ich über die Welt und was darin passiert, nachdenke. Ich hege auch keine tiefgreifenden, philosophischen Gedanken, nein, was und worüber ich nachdenke, ist eher banal, alltäglich eben. Aber man muss über die Dinge nachdenken, will man zu Lösungen von Problemen gelangen. Und Probleme sind das, womit ich mich tagtäglich auseinandersetzen muss. Nicht nur meine eigenen, sondern auch die der anderen. Probleme sind etwas Naturgegebenes, man kann sie ernst nehmen oder nicht. Viele Probleme des einen liegen außerhalb der Vorstellung des anderen. Die allermeisten Probleme des Lebens sind allerdings auch durch intensivstes Nachdenken nicht lösbar, auch wenn man sich noch so sehr Mühe gibt. Wir sind gewissermaßen zur Problemunlösbarkeit verdonnert. Und es kommen täglich neue Probleme dazu. Ein Dilemma!

Gestatten: Ich bin Hausarzt

Ich gehöre zu denen, die (fast) nichts dürfen, die trotzdem alles machen (sollen) und (fast) nichts davon können. Ich gehöre zu denen, die von den Fachleuten oft nur mitleidig belächelt werden. Ich gehöre zu denen, die zum Spezialisten weiterschicken, wenn sie nicht mehr weiterwissen und die dennoch weitermachen, wenn die Spezialisten nicht mehr weiterwissen. Ich gehöre zu denen, die nicht nur für alle, sondern für alles da sind. Ich gehöre zu denen, die gewissermaßen allen und jedem gehören und dagegen am wenigsten sich selbst, so empfinde ich das zumindest oft. Ich gehöre zu denen, die der Welt Gott und die Welt erklären müssen, obwohl sie allzu oft am wenigsten davon verstehen. Ich gehöre zu denen, die irgendwann erkennen müssen, wenn sie es denn überhaupt erkennen, dass der kranke Mensch, der zu ihnen kommt, mehr als krank, viel mehr, dass er Mensch ist. Ich gehöre zu denen, die irgendwann vielleicht einmal feststellen, dass Gesundheit nicht nur die Abwesenheit von Krankheitssymptomen, sondern ein *Zustand des vollständigen körperlichen, geistigen und sozialen Wohlergehens ist*[3]. Ich gehöre zu denen, die sich als gesund betrachten, da ich *das gängige Maß an Krankheit, das es mir noch erlaubt, meinen wesentlichen Beschäftigungen nachzugehen*[4] weit unterschreite. Ich gehöre zu denen, die irgendwann feststellen, dass man mit dem Beruf des Hausarztes nicht reich werden kann und damit zu denen, die irgendwann dem Lockruf des Geldes erliegen können und somit Gefahr laufen, auf die schiefe Bahn zu geraten. Aber ich sehe hierin für mich keine Gefahr, denn ich bin reich. Und mein Reichtum an Lebenserfahrung, Menschenkenntnis, Weisheit und damit auch Dankbarkeit wächst tagtäglich. Ich gehöre zu denen, die gerne tun was sie tun. Ich bin gerne Hausarzt. Und jeder Tag, an dem ich hausärztlich tätig bin, bereichert mich und mein Leben.

Welt außerhalb der Vorstellung. Eine Einführung

Es ist Donnerstagabend.
Ich schreibe an meinem Buch.

Wir schreiben das Jahr 2020.

Wir leben in unruhigen und unsicheren Zeiten. Dennoch sind diese Zeiten nicht mehr, aber auch nicht weniger unruhig und unsicher als alle jemals zuvor stattgefundenen und auch in Zukunft stattfindenden Zeitalter. Es gab schon immer irgendwelche Siege, Triumphe und großartige Ereignisse aber auch Niederlagen und Katastrophen, die wird es auch immer wieder geben. Es gab auch schon immer Krankheit, Seuchen und Epidemien und auch die wird es immer wieder geben.
Auch gegenwärtig durchlaufen wir wieder einmal eine Epidemie, vielmehr eine Pandemie, die ganze Welt ist davon betroffen. Ein Virus legt die Welt lahm und setzt der Menschheit die Krone auf. Gestatten: Corona-Virus. Und schon spielt die Krone der Schöpfung verrückt, gerät in Panik und kauft so viel Mehl wie nie zuvor und hortet Klopapier, obwohl es so viel davon gibt, dass *wir noch 10 Jahre kacken können.*[5] Zum Glück hat keine Sensationsnachricht und keine Verschwörungstheorie in der Krone der Schöpfung die Vorstellung erweckt, Schnaps kaufen und horten zu müssen...
Corona ist eine ansteckende Viruskrankheit. Seit ihrem Auftreten ist über diese Krankheit wohl mehr berichtet, geschrieben und diskutiert worden als über alle jemals zuvor aufgetretenen Infektionskrankheiten zusammen. Jeden Tag neue Erkenntnisse, neue Meldungen und leider auch immer mal wieder Falschmeldungen, neue Aussagen, die im weiteren Verlauf erhärtet oder revidiert werden, täglich neue Gesichter, die etwas zu sagen haben, Experten, Verschwörungstheoretiker, wahre und falsche Propheten. Mit der Sicherheit der Erkenntnisse wächst die Unsicherheit im Kopf der Betroffenen und betroffen sind in irgendeiner Form alle. Es ist so viel bislang über Corona

informiert worden, dass ich mir im Grunde hier weitere Ausführungen ersparen möchte. Jeder hatte mehr als genug Möglichkeiten, sich damit auseinanderzusetzen und sich seine eigene Meinung zu bilden. Die eigene Meinung zu vertreten ist häufig nicht einfach, weder erwünscht noch angebracht. Fatal ist es gar, wenn sich Despoten ihre eigene Meinung bilden und weniger sich selbst, denn sie sind meistens gut geschützt, sondern vielmehr ihr Volk in Gefahr bringen. Ein Herr Trump (...Erinnerung, wir schreiben das Jahr 2020) muss relativ wenig Angst haben, denn er hat mit Sicherheit seine eigene private Klinik und seine eigene private Intensivstation mit seiner eigenen Beatmungsmaschine und seinem eigens für ihn Rund-um-die-Uhr-Fachpersonal, das ihn versorgt. Er muss also nur wenig Angst haben. Aber keine Angst: Der Tod macht keine Unterschiede zwischen arm und reich und auch Corona nicht. Ich will das aber nicht weiter ausführen, denn wie gesagt, es ist schon mehr als genug dazu gesagt worden.

Die Möglichkeiten, sich vor Corona zu schützen, sind übrigens kinderleicht; ich werde darauf zurückkommen.

Reise durch Absurdistan. Eine Analyse

Es ist Samstagmorgen. Wir schreiben das Jahr 2020. Ausgeschlafen.
Ich schreibe in mein Buch.

Pflege wird immer teurer! heißt es auf der Titelseite der Lokalzeitung. In den dicksten Buchstaben. Nun, das ist nichts Neues. Schon seit es die Pflege gibt, wird die Pflege immer teurer. Nur vielleicht klingt diese Schlagzeile in Zeiten von Corona bedrohlicher denn je.
Ich fühle mich gerade wieder einmal wie Einstein. Ein Satz, eine Aussage als Hypothese, über die ich nachdenken kann,

nachdenken, nachdenken und nach Lösungen suchen. Die Lösung eines Problems bedarf meiner Meinung nach zwei wesentlicher Schritte:

1. Problem analysieren.
2. Problem angehen.

Nun, das ist meine individuelle Meinung. Ich bin weder Einstein noch Herr Groß, Größer am Größten. Ich denke einfach allein mit meinen bescheidenen Mitteln nach. Ich wende mich wieder dem Artikel zu. Es wird darin ja auch tatsächlich analysiert, es wird mit Zahlen operiert und mit Kosten kalkuliert und siehe da: Die Kosten steigen! Nun ja, das ist kein Wunder, alles wird teurer, essen, trinken, Gehälter, das Leben, denke ich mir dazwischen. Laut Artikel wolle auch Herr Spahn[6] die Debatte über eine grundlegende Pflegereform im Herbst neu starten. Dann solle auch klar sein, wie sich die Corona-Pandemie auf die Sozialkassen auswirkt. Und das Ganze mit Tempo! Denn *Pflege macht arm, das ist seit Jahren bekannt* so Eugen Brysch, Vorstand der Deutschen Stiftung Patientenschutz. Meinen Kommentar zum Kommentar zum Artikel spare ich mir einfach...
Pflege macht arm, das ist richtig. Aber mit der Pflege wird auch richtig Geld verdient. Wenn ich sehe, was ich jeden Tag in der Praxis an Pflegeverordnungen und Pflegematerialien und Medikamente für Pflegebedürftige aufschreibe. Wahnsinn! Was das kostet! Wenn man schaut, wie viele Pflegeautomobile der verschiedensten ambulanten Pflegedienstleister den ganzen Tag durch die Straßen fahren, fast so viele wie Paketdienste oder noch gar mehr, kann man schon den Eindruck gewinnen, dass das sicherlich ein wichtiges und sinnvolles Geschäft aber zweifelsohne auch ein lohnendes Geschäft ist.
Ich habe so viele Gedanken und Ideen zu diesem Thema, das sprudelt so richtig in meinem Kopf, aber ich mache die Flasche wieder zu.
Pflege macht arm. *In Würde altern ist ein Grundrecht, das immer mehr Deutschen vorenthalten bleibt.* Jetzt muss ich doch auf den

Kommentar zum Artikel zurückgreifen, denn dieser Satz ist der einleitende Satz dazu. Und weiter heißt es: *Steigende Preise, Altenpflege wird zum Luxusgut!*

In Würde altern. Ist Würde denn mit Geld zu bezahlen?

Ich muss jetzt einfach mal eine Pause machen. Ich muss mich sammeln. Wieder kommen mir meine alten Freunde *ausreichend, zweckmäßig, wirtschaftlich und Maß des Notwendigen* in den Sinn.

Ich will jetzt einfach ein paar Fragen aufwerfen.

Muss man denn einen Pflegedienst bestellen, der tagtäglich ins Haus kommt und der morgens der Großmutter, die im Haus wohnt, die Strümpfe anzieht und abends wieder ins Haus kommt und die Strümpfe auszieht?
Findet sich niemand im Haus, der das kann?
Das sind maximal fünf Minuten Arbeit aber die kosten Geld. Ja ich weiß, Pflegegeld, ja ich weiß, Pflegestufe, ja ich weiß, Solidaritätsprinzip.
Muss man denn einen Pflegedienst bestellen, der tagtäglich ins Haus kommt, die Tabletten richtet und die sichere Einnahme der Medikamente prüft? Das kostet Geld! Ja ich weiß, Pflegeversicherung und das sind keine großen Beträge, aber das Millionen Mal am Tag in Deutschland?
Muss man denn einem Pflegefall, der die Hälfte seiner Noch-Lebenszeit im Rollstuhl sitzt und die andere Hälfte im Bett liegt, noch 13 verschiedene Medikamente täglich verabreichen? 3 x Blutdruck, 2 x Diabetes, 2 x Schmerz, 1 x Blutfette senken, 1 x Harnsäure senken, dann noch gegen Verstopfung und natürlich gegen Schwindel. Und natürlich auch gegen Unruhe am Tag und gegen Schlaflosigkeit in der Nacht? Kann man dabei den Überblick verlieren? Kann ich als Arzt dabei den Überblick verlieren?

Darf man so etwas fragen?   Ja ☐ Nein ☐ natürlich nicht!

Ist das in Würde altern?

Ob ich das nicht verstehen kann, dass man heute die alten Eltern und Großeltern nicht mehr waschen und aufs Klo setzen kann? Das kann man heute nicht mehr, ja früher ging das, aber die Zeiten ändern sich halt.
Ich pflege ja immer meine eigene Meinung zu haben. Ich war nicht immer Arzt, ich habe auch als Alten- und Krankenpfleger gearbeitet. Trotzdem ändern sich die Zeiten und sie werden sich weiterhin ändern. Es wird die Zeit kommen, in der wir die Kinder, die wir in die Welt setzen, nicht mehr selbst waschen und windeln werden können, weil wir das nicht steril genug machen. Dann muss ein ausgebildeter Kinderpflegedienst kommen und dies übernehmen.
Vor Jahren war ich als Student in Afrika und habe dort in einem Krankenhaus gearbeitet. Dort schlafen die Angehörigen z.T. unter den Krankenbetten und pflegen und versorgen ihre erkrankten Angehörigen selbst.

Ist das in Würde altern? *...wir sind doch hier nicht in Afrika!*

Die Zeiten ändern sich. Die Welt dreht sich immer schneller und schneller und wir drehen uns mit ihr, immer schneller und schneller und irgendwann verlieren wir die Bindung und werden aus ihr herausgeschleudert!

Und die Politik, groß, größer am größten dreht sich eloquenzbestialisch weiter im Hamsterrad...

Welt ohne Wille (und außerhalb der Vorstellung)

Über Freud und Leid
oder Sinn und –haftigkeit des Hausarztberufes.

Patienten wollen Sicherheiten;
Ärzte arbeiten mit Wahrscheinlichkeiten.
So können beide nicht zusammenkommen!
Ärzte können nie eine Sicherheit geben, selbst die größten Koryphäen können das nicht.
Noch nicht einmal mit einer an Sicherheit grenzenden Wahrscheinlichkeit. Was eine Wahrscheinlichkeit ist, können viele Patienten gar nicht begreifen. Wie sollten sie auch?
Viele Menschen können kaum eins und eins zusammenzählen und noch nicht einmal fehlerfrei ihren Namen schreiben. Wie sollte man da begreifen, was es mit Wahrscheinlichkeiten auf sich hat? So ist nach Meinung der meisten Patienten des Patienten Rückenschmerz *immer die Bandscheibe*, nach Meinung des Arztes sein Schmerz aber meistens alles andere, aber aller Wahrscheinlichkeit nach nicht die Bandscheibe, sondern alles andere, oder wenn schon, nicht nur, sondern außerdem noch vieles mehr. So schwierig ist das mit der Wahrscheinlichkeit. Selbst mir fällt das schwer, auch wenn ich, tagtäglich, als Arzt damit arbeiten muss, wenn ich eine einigermaßen seriöse und valide Medizin anbieten will.
Als ich mit diesem ganzen Scheiß angefangen habe vor vielen, vielen Jahren, dachte ich, naiv wie ich zweifellos und unschuldigerweise war, es gäbe für jedes medizinische Problem eine medizinische Lösung. Heute, viele Jahre danach, glaube ich zu wissen, dass auf jede medizinische Lösung ein Problem folgt, dass nicht nur medizinisch, nein menschlich, vielleicht vielmehr natürlich ist. Der Philosoph Ludwig Wittgenstein sagt, dass, *wenn alle Probleme der Wissenschaft gelöst sind, unsere eigentlichen Lebensprobleme noch nicht einmal berührt* seien; wie wahr!

Es ist Freitagabend. Wir schreiben das Jahr 2020.
Ich schreibe in mein Buch.

Am Ende der Woche fühle ich mich müde, ausgebrannt und leer. Obwohl ich körperlich überhaupt nicht schwer gearbeitet habe, fühle ich mich vollständig ausgelaugt. Diese ständige Präsenz und Konzentration auf meine Arbeitsinhalte, das ständige Lösen von Problemen, egal ob es meine oder die der Patienten sind, immer ein offenes Ohr haben und zuhören, strengt unglaublich an.
Es gibt Menschen, die stülpen mit ihrer Art und ihren Problemen und ihrer Art, mit ihren Problemen umzugehen und diese darzustellen, dein Bewusstsein komplett um. Wenn Du Dich darauf einlässt und dich gedanklich auf den Kopf stellst, verdrehen sie das ganze schon wieder. Wer folgen will, hat verloren. Er läuft Gefahr, seinen Kopf zu verlieren. Trotzdem muss ich geistig wach und klar bleiben. Es geht weiter, der Arbeitstag dauert an und im nächsten Raum folgt der nächste Patient mit den nächsten Problemen. Also Geist resetten und weiter geht's.
Es ist Freitagabend, die Arbeitswoche ist um und ich habe zu nichts Lust. Zu nichts. Außer schlafen. Morgen, Samstag, habe ich Dienst, da fahre ich für die Kassenärztliche Vereinigung durch die Lande, um die Patienten am Wochenende und außerhalb der Sprechzeiten zu versorgen.

Reise durch Absurdistan. Eine Etappe

Es ist Sonntag. Wir schreiben das Jahr 2020.
Ich schreibe an meinem Buch.

Es geht um mich, es geht um Menschen, es geht um Patienten, es geht um die Welt und Gesundheit und System, auch um Gesundheitssystem. Es geht um Individuen, viel mehr um diese als um ein unüberschaubares Kollektiv, welches man versucht, mit Zahlen, Daten und Fakten zu schubladisieren und damit erfolglos in den Griff zu bekommen. Es geht um Philosophie, um den Sinn des Lebens und was Gesundheit damit zu tun hat. Es geht um Glück und Unglück, um Freud und Leid, um Gesundsein und Kranksein und dass die Dinge meistens, ja aller meistens irgendwo dazwischenliegen. Es geht um Gott und die Welt, um Yin und Yang, um Himmel und Hölle.
Warum ich so ausschweife?
Nun das ist meine Art. Nicht immer, gelegentlich. Aber auch deswegen, weil irgendwie alles mit allem zusammenhängt. Und obwohl die Dinge fast immer recht einfach sind, so sind sie fast immer doch alles andere als einfach zu erklären. Das lehrt uns die moderne Wissenschaft, aber sie erklärt es nicht. Das erklärt uns die moderne Physik, aber wir verstehen es nicht. Dort wird es als Entropie, als *Maß für die Unkenntnis der Zustände aller einzelnen Teilchen*[7] umschrieben.
Schade, wir Menschen lechzen nach einfachen Erklärungen. Und jetzt finde ich den Bogen zurück: Patienten verlangen einfache Erklärungen und ich kann sie als Arzt nicht geben. Selten, fast nie.

Ich habe Millionen von Ideen, was ich gerne sagen und schreiben möchte. Ständig bin ich am Formulieren, am Definieren, am Ordnen von Gedanken, Bildern und Inhalten. Ständig, in allen Situationen und Lebenslagen ploppen sie auf und verlangen von mir, festgehalten zu werden. Doch sobald ich mich hinsetze und sie aufschreiben möchte, sind sie verschwunden. Geister, die kommen und gehen und nicht mehr da sind, wenn man sie braucht. Schade.

Es ist Sonntag. Am gleichen Tag.
Ich schreibe an meinem Buch.

Ich habe diese Woche, nach fast vier Jahren des Praktizierens als Hausarzt und Kassenarzt in eigener Praxis, meinen ersten Regress bekommen. Ich bin quasi sehenden Auges in die Regressfalle getappt.

Aua!

Was ist ein Regress?
Ein Regress ist im Zivilrecht der gesetzlich vorgesehene Rückgriff eines zur Leistung verpflichteten Schuldners gegen einen Dritten, der dem Schuldner gegenüber hierfür haftet.[8]
Aha!

In meinem Fall ist es ein Heilmittelregress.

Was heißt das?
Nun, hierzu erst einmal die Definition *Heilmittel*:

Ein Heilmittel ist ein Stoff, Gegenstand oder Behandlungsverfahren, von dem eine heilsame Wirkung auf den Patienten ausgehen soll.[9]

Rechtsgrundlage der Versorgung der Krankenversicherten mit Heilmitteln ist der § 32 Sozialgesetzbuch V (SGB V). Um was es sich bei Heilmitteln handelt, definiert das Gesetz nicht, es gibt aber dem Gemeinsamen Bundesausschuss (GBA) den Auftrag, Näheres zur Heilmittelversorgung in einer Richtlinie nach §92 SGB V zu bestimmen.

Nach der Heilmittel-Richtlinie sind Heilmittel persönlich zu erbringende Leistungen. Im Einzelnen handelt es sich um Maßnahmen

- der Physikalischen Therapie (z.B. Krankengymnastik, Lymphdrainage)
- der Podologischen Therapie
- der Stimm-, Sprech- und Sprachtherapie
- der Ergotherapie
- der Ernährungstherapie

Die Heilmittel-Richtlinie regelt, unter welchen Voraussetzungen die Maßnahmen ärztlich verordnet werden dürfen. Der als Teil II der Richtlinie angefügte Heilmittelkatalog definiert die verordnungsfähigen Heilmittel im Einzelnen.

So viel zum Thema Heilmittel.

Weiter zum Thema Regress.
Da ich nicht für die Anderen und nicht für die Allgemeinheit sprechen kann, versuche ich meine Situation und meine Sicht der Dinge hierzu darzulegen. Dazu muss ich etwas ausholen. Ich verspreche aber, nicht abzuschweifen.

Die Prüfungsstelle der Ärzte und Krankenkasse meiner Region hat mir diese Woche mitgeteilt, dass sie in meinem Fall eine Heilmittel-Richtgrößenprüfung für das Jahr 2018 eingeleitet hat. Das ist ihr gutes Recht, sie hält sich nur an das Gesetz (§106b Abs. 1 und Abs. 3 Satz 3 SGB V in der im Prüfzeitraum geltenden Fassung).
Demnach habe ich im Jahr 2018 das Richtgrößenvolumen im Vergleich zur Fachgruppe (Das ist der Durchschnitt aller Hausärzte in meinem Bereich) um mehr als 25% überschritten, in meinem Fall sind es sage und schreibe 147,34%!

Aua!

Ein Kaufmann, ein Betriebswirt, ein Wissenschaftler, ein Politiker: Sie alle verstehen die Welt in Zahlen. Ich selbst tue mir da schwer. Trotzdem versuche ich, Zahlen zu nennen.
Im Jahr 2018 habe ich meinen Patienten Heilmittel im Wert von 73.658,78€ verordnet. Zugestanden hätten meinen Patienten allerdings nur 25.018,31€.
Das ist meine Richtgröße.

Definition *Richtgröße*:
Richtgrößen sind Durchschnittsgrößen für die Obergrenze von Arznei- und Heilmittelausgaben je Patient und Kalenderjahr. Sie stellen für den Kassenarzt keine absolute Ausgabengrenze für das laufende Jahr dar. Je mehr Patienten er hat, umso höher ist das Volumen. Richtgrößen sind somit keine begrenzenden Beträge für die Versorgung einzelner Patienten, sondern ein überdurchschnittlicher Verbrauch bei einem Patienten kann durch unterdurchschnittlichen Verbrauch bei einem anderen Patienten ausgeglichen werden.[10]

Ein Wissenschaftler, ein Kaufmann, ein Betriebswirt, ein Politiker: Sie alle verstehen die Welt in Zahlen.

Ich habe den Arzt vergessen.

Auch er versteht die Welt und konkret seine Patienten in Zahlen. Ein Wissenschaftler, ein Kaufmann, ein Betriebswirt, ein Politiker, ein Arzt: Sie alle verstehen die Welt in Zahlen, sie operieren mit Zahlen, Daten und Fakten und betreiben Statistik. Durchstöbert man jedoch das Internet zum Thema *Richtgröße*, so findet man diese nur im Zusammenhang mit dem Kassenarzt; die anderen oben genannten Zahlen-Spekulateure gehen hierzu leer aus.

Definition *Kassenarzt*:
Als Kassenarzt werden Ärzte bezeichnet, die eine Zulassung bei den gesetzlichen Krankenkassen haben. Dadurch sind sie berechtigt, die

Behandlung gesetzlich versicherter Patienten über eine Kassenärztliche Vereinigung (KV) mit den jeweiligen gesetzlichen Krankenkassen abzurechnen. Als Vertragsärzte der gesetzlichen Krankenversicherung besteht für Kassenärzte eine Behandlungspflicht, d.h. sie müssen jeden gesetzlich Versicherten behandeln. Eine Ablehnung eines Patienten ist nur in begründeten Einzelfällen möglich.

Bei der Behandlung von Kassenpatienten unterliegen Vertragsärzte §12 des Sozialgesetzbuches V (SGB V). Darin wird festgelegt, dass die Behandlung eines gesetzlich Versicherten nur **ausreichend**, **zweckmäßig** *und* **wirtschaftlich** *sein und das* **Maß des Notwendigen** *nicht überschreiten darf. Ausgenommen von dieser Regelung ist die Behandlung von Berufsunfällen und Berufskrankheiten. Nach dem Sozialgesetzbuch VII (SGB VII) erhalten gesetzlich Versicherte in solchen Fällen die bestmögliche Behandlung.*[11]

Uff!

Dieser Text ist wahr! Dieser Text ist eine Lüge! Dieser Text ist eine Bombe! Und für mich als Kassenarzt ist dieser Text ein Dilemma...

Ich weiß, ich hole weit aus, aber abschweifen möchte ich nicht. Daher zunächst zurück zum letzten Text und dann den Bogen zurück zum Anfang, zu meinem Heilmittelregress.

Da ich ja nicht nur Arzt und Hausarzt, sondern gelernter Chirurg bin, reizt mich dieser letzte Text: Definition *Kassenarzt* natürlich zum Sezieren. Also schneide ich ihn auf. Ich präpariere die Begriffe *ausreichend, zweckmäßig und wirtschaftlich* heraus.

Eine medizinische Behandlung sollte natürlich immer zweckmäßig sein. Ich frage mich, was sich der Gesetzgeber bei dieser Formulierung gedacht hat. Es erscheint klar, dass ich einem Patienten mit anhaltenden Rückenschmerzen aufgrund einer verschlissenen Lendenwirbelsäule, bei dem die dauerhafte und damit vielleicht auch schädliche Gabe von Schmerzmitteln keine ausreichende Wirkung zeigen, kein Abführmittel verordnen werde. Das erscheint unzweckmäßig. Mir zumindest.

Eine Heilmittelverordnung (s.o.) wäre in einem solchen Falle eine sinnvolle, vielleicht auch bestmögliche Behandlung.

Nun gut.

Ich trenne die Begriffe *ausreichend* und *wirtschaftlich* aus diesem Konglomerat heraus.

Kann eine Behandlung gleichzeitig ausreichend und wirtschaftlich sein? Im übertragenen Sinne wäre das in der Sprachwissenschaft ein *Palindrom*[12]. Meiner Meinung nach ist dieser Satz jedoch nicht sinnvoll, jedenfalls für mich als Zahlendilettanten. Eine Behandlung, die ausreichend ist, ist selten wirtschaftlich, eine Behandlung, die wirtschaftlich ist, ist selten ausreichend. Je ausreichender eine Behandlung, desto unwirtschaftlicher ist sie und je wirtschaftlicher eine Therapie, desto weniger ausreichend ist sie.

Ausschweifen, leider doch...

Zunächst ein Zahlenspiel (ich werde weiter unten noch tiefer in die Zahlen gehen müssen, auch um dem Leser und dem Patienten und dem lesenden Patienten genauer zu erklären, worum es geht):

So bringt zum Beispiel (Stand 2019) eine intensivmedizinische Beatmungstherapie > 96 Stunden einen Erlös von über 13.000€[13]. Das entspricht ca. 620 Sitzungen für Krankengymnastik zu je ca. 21€.

Kann man das vergleichen?	Ja ☐	Nein ☐
Ist das ausreichend und wirtschaftlich?	Ja ☐	Nein ☐

Ich frage ja nur...

Nicht berührt im Gesetzestext ist die Sinnhaftigkeit einer bestmöglichen Behandlung.

Das zu diskutieren würde jedoch zu weit führen. Philosophisch betrachtet würde das einer Beobachtung des Universums entsprechen: Je tiefer man hineinblickt, desto mehr erkennt man und es geht scheinbar immer tiefer und hört nie auf...

Versprochen, zurück zum Anfang, zum Heilmittelregress und damit auch endlich einmal zum Patienten. Nach all diesen Paragraphen und Begriffen wie Richtgröße, ausreichend, zweckmäßig und wirtschaftlich und somit bestmögliche Behandlung, die das Maß des Notwendigen nicht überschreiten darf, würde mich als Kassenpatienten interessieren, was mir zusteht.
Toll! Endlich fragt mal jemand.
Nach Mitteilung meiner Heilmittel-Richtgrößenprüfung kann ich das nun ganz klar sagen. Der GBA hat die Richtgrößen nach Altersgruppen festgelegt. Im Jahr 2018 betrug diese für Patienten

< 15 Jahre	16-49 Jahre	50-64 Jahre	>65 Jahre
8,39€	4,09€	7,77€	14,50€

pro Jahr!

Im Durchschnitt hatte ein Patient bis 15 Jahre einen Anspruch auf Heilmittel von 8,39€ für das Jahr 2018, ein Patient im Alter von 16-49 Jahre einen Anspruch von 4,09€, usw.
Hat der Patient diesen Betrag nicht in Anspruch genommen, kam das dem nächsten zugute usw.

Nun, wieder Zahlen. Beispiele:
Die Preise für Heilmittel betragen gegenwärtig:

Ergotherapie: pro Einheit   >39€
Krankengymnastik: pro Einheit   >21€
Logopädie: pro Einheit   >38€
Podologie: pro Einheit   >21€

Nun, wieder rechnen. Ein Beispiel:

Nehmen wir einen Patienten, 16-49 Jahre, der einen Heilmittelanspruch von 4,09€ hat (Ich rechne der Einfachheit halber mit gerundeten Zahlen).

Bei 20€ pro Einheit Krankengymnastik hätte dieser durchschnittliche Patient einen Heilmittelanspruch auf 1/5 Einheit Krankengymnastik pro Jahr. Damit wäre sein Anspruch abgegolten. Ich dürfte auch keine Ergotherapie, Logopädie oder Podologie mehr verordnen. Rein rechnerisch hätte er keinen Anspruch mehr darauf.

Bei 40€ (aufgerundet) pro Einheit Logopädie hätte dieser Patient mit einem Heilmittelanspruch von 4€ einen Anspruch von 1/10 Einheit Logopädie pro Jahr. Rein rechnerisch wäre sein Anspruch damit abgegolten. Ich dürfte auch keine...

Kann man das so rechnen?   Ja ☐   Nein ☐

Ich versuche die Zahlen zu drehen und anders an die Sache heranzugehen. Ich habe weiter oben eine Zahl genannt: 25.018,31€. Das war mein Heilmittelbudget für das Jahr 2018. Mein Gesamtkollektiv an Kassenpatienten hatte in diesem Jahr einen Anspruch auf Heilmittel in Höhe dieser Summe. Ich habe das einmal auf mein Kassenpatientenkollektiv berechnet:

Wie vielen Patienten hätte ich im Jahr 2018 Heilmittel verordnen dürfen?

Beispiel Heilmittel: Krankengymnastik

	<15 J.	16-49 J.	50-64 J.	> 65 J.
1 Einheit (ca. 21€)	40%	18%	42%	72%
2 Einheiten (ca. 42€)	20%	9%	24%	36%
4 Einheiten (ca. 84€)	14%	6%	12%	24%
6 Einheiten (ca. 126€)	7%	3%	6%	12%

Was heißt das?
Nun, wieder anschaulich anhand eines Beispiels:
Nicht einmal jedem 5. Patienten zwischen 16-49 Jahren darf ich eine Einheit Krankengymnastik pro Jahr verordnen. Nicht einmal jedem 33. Patienten zwischen 16-49 Jahren darf ich gar 6 Einheiten Krankengymnastik pro Jahr verordnen.

Usw.

Ich bin kein großer Mathematiker, noch nicht einmal ein kleiner Mathematiker, ich glaube, dass ich noch nicht mal richtig rechnen kann.
Ich fühle mich eben doch eher als Chirurg und nachdem ich alles seziert und auseinandergeschnitten habe, nähe ich jetzt zusammen. Und dann wieder zu.

Richtgröße, ist das

ausreichend?	Ja ☐	Nein ☐
zweckmäßig?	Ja ☐	Nein ☐
wirtschaftlich?	Ja ☐	Nein ☐
bestmögliche Behandlung?	Ja ☐	Nein ☐

Entscheiden Sie selbst!

Medizin ist nun mal teuer!

So kosten gegenwärtig (2020) in Deutschland z. B.:

1 Herzkatheteruntersuchung	> 700€
1 Herzklappenoperation	> 14.000€
1 Herzschrittmacherimplantation	> 9.000€
1 Kataraktoperation	> 700€
1 Knieprothesenoperation	> 7.000€
1 Intensivmedizinische Behandlung > 96 Stunden	> 13.000€
1 Gabe Gemcitabin (Palliativchemotherapeutikum)	> 400€

So werden gegenwärtig in Deutschland:

Herzkatheteruntersuchungen	> 750.000
Herzklappenoperationen	> 128.000
Herzschrittmacherimplantationen	> 105.000
Kataraktoperationen	> 700.000
Knieprothesenoperationen	> 190.000
Intensivmed. Behandlungen > 96 Stunden	> 400.000

pro Jahr durchgeführt.

Ist das

ausreichend?	Ja ☐	Nein ☐
zweckmäßig?	Ja ☐	Nein ☐
wirtschaftlich?	Ja ☐	Nein ☐
bestmögliche Behandlung?	Ja ☐	Nein ☐
sinnhaft?	Ja ☐	Nein ☐
kann man das beurteilen?	Ja ☐	Nein ☐

Ich habe schon einmal gesagt, dass die Dinge, obwohl sie fast immer recht einfach sind, doch fast immer alles andere als einfach zu erklären sind. Wie sollten wir unsere Probleme lösen, wenn noch nicht einmal alle Fragen der Wissenschaft gelöst sind?

Es ist Sonntag. Später.
Ich schreibe an meinem Buch.

Ich habe diese Woche, nach fast vier Jahren des Praktizierens als Hausarzt und Kassenarzt in eigener Praxis, meine erste Regressandrohung bekommen.
Das Erste, was ich dachte, war:

26

Scheiße, jetzt hat es auch dich erwischt. Es war zu erwarten.

Das Zweite, was ich dachte, war:
Es ist zum Kotzen. Die sind gnadenlos. Ich habe jetzt fast vier Jahre patientenzentrierte Medizin gemacht und mich in jedem Fall um Sinnhaftigkeit bemüht, mich immer gefragt, ob ich mit dem Maß des Notwendigen die bestmögliche Behandlung für den Patienten erreichen kann. Das ist die Quittung dafür. Am Ende bleibt nur die Wirtschaftlichkeit, nur das Geld.

Das Dritte, war:
Ich habe keinen Bock mehr! Ich gebe meine Praxis auf! Sollen sich doch andere um den Scheiß kümmern!

Das Vierte:
Wut! Wut! Scheiß System!

Das Fünfte:
Nein, ich gebe nicht auf!

Ich lebe und liebe meinen Beruf, ich tue das, was ich darin tue und tun muss, gerne. Ich freue mich auf die Interaktion mit meinen Patienten, mit dem Menschen dahinter. Das Leben hat mir einen Auftrag gegeben: Zu versuchen, Lebensprobleme zu lösen, obwohl noch nicht alle Probleme der Wissenschaft gelöst sind. Ein Versuch, mehr nicht.

Laut einer Befragung der Kassenärztlichen Bundesvereinigung von 12.000 Medizinstudierenden im Jahr 2010[14] nannten fast 50 Prozent eine drohende Regressforderung als Faktor, der gegen eine Niederlassung spricht. Kann ich gut verstehen. Auch ich hatte das Gespenst Regress im Hinterkopf, auch ich bin in diese Falle getappt. Trotzdem habe ich mich niedergelassen. Ob ich das noch bereuen werde, wird sich zeigen.

Es ist Sonntag. Immer noch am gleichen Tag.
Ich schreibe an meinem Buch.

Die Themen *Richtgröße, ausreichend, zweckmäßig* und *wirtschaftlich*
lassen mir keine Ruhe. Fieberhaft denke ich darüber nach, wie
ich diese anhand von Gleichnissen in die Alltagswelt übersetzen
kann…
Ich probiere es einmal mit einer Geschichte.

*Eine Schule in einem sehr armen Land soll seinen Schülern die
Schreibmaterialien stellen, damit alle die von der Regierung geforderte
bestmögliche Ausbildung erhalten. Die Schule hat 100 Schüler, der
Staat stellt hierfür 10 Bleistifte und 10 Blatt Papier zur Verfügung.
Damit sollen die Schüler ein Jahr lang auskommen.
Der Schulleiter muss nun folgende Überlegung anstellen:
Will er alle Schüler gleich behandeln, hat jeder Schüler pro Jahr einen
Anspruch auf 1/10 Bleistift und 1/10 Blatt Papier. Bei dem geforderten
Anspruch auf bestmögliche Ausbildung und dem hierfür zu
bewältigenden Lehrinhalt reicht die einem Schüler selbst bei äußerster
Sparsamkeit im bestmöglichen Fall eine Woche. Die nächsten 51
Wochen muss er ohne Schreibmaterialien auskommen. Der Schulleiter
sieht, dass er mit der Vorgabe des Staates nicht allen Schülern gerecht
werden kann. Er möchte zwar keinen Schüler bevorzugen, aber
irgendwie muss er eine Lösung finden. Er könnte die Faulen, aus denen
sowieso nichts wird, aussortieren. Da seine Schüler im Großen und
Ganzen sehr fleißig sind, fallen ihm maximal 10, die in Frage kämen,
ein. Somit hätte er für die verbleibenden 90 immerhin 1/9 Bleistift und
1/9 Blatt Papier zu verteilen, aber auch damit würde man nicht viel
weiter als eine Woche kommen. Damit er in seinem Rechenproblem
vorankommt, stellt er sich nun folgende Frage: Was wäre, wenn ich den
10 Schülern, die am ersten Tag zuerst in die Klasse kämen, 1 Bleistift
und 1 Blatt Papier zukommen lassen würde? Damit hätten zwar nicht
alle die geforderte bestmögliche Ausbildung aber immerhin 10 Prozent.
Im Leben muss man ja irgendwie eine Auslese vornehmen. Die Idee
findet der Lehrer gut. Also bekommen die ersten 10 Schüler am ersten
Schultag ihre Utensilien ausgehändigt und sind happy. Der Protest*

und die Wut der übrigen 90 sind ihm jedoch gewiss. Tja, und irgendwie reichen die Schreibutensilien der glücklichen 10 ja auch nur für 10 Wochen und das bei maximaler Sparsamkeit. Also verbleiben für 10 Schüler 42 Wochen und für 90 Schüler 52 Wochen ohne die für die bestmögliche Ausbildung notwendigen Materialien. Der Schuleiter kann es drehen und wenden, wie er will. Will er bestimmten Schülern die für die bestmögliche Ausbildung notwendigen Schreibmaterialien für ein ganzes Jahr bereitstellen, bleiben nur 2 davon übrig. Nur wie kann er die beiden aus den 100 Schülern aussuchen? Er hat eine Idee! Eine ganz alte, seit den Anfängen der menschlichen Kultur bestehende, wirkungsvolle Methode. Wenn schon der Druck der Regierung, seinen Schülern die bestmögliche Ausbildung mit den bereitgestellten Mitteln zu gewährleisten und die Auswahl der Schüler in seinen Händen liegt, auf ihm lastet, so soll sich das doch wenigstens für ihn bezahlt machen. So stellt er seinen Schülern die Abgabe der Lehrmittel über persönliche Zuwendungen in Aussicht: Wer am meisten bietet, bekommt! Doch die Menschen sind bettelarm und können und wollen nicht darauf eingehen. Also beschweren sie sich bei der Regierung, die übrigens kürzlich für ihre Minister nigelnagelneue Limousinen gekauft hat. Nach vielen Versuchen und Bitten der Bevölkerung äußert sich ein Abgesandter eines von der Regierung hierzu Beauftragten genervt: Die Durchführung der Anordnung der Regierung nach bestmöglicher Ausbildung sei Aufgabe des Schulleiters und im Übrigen sei genug für alle da!

Da erwacht der Schulleiter aus seinem Traum.

Es ist Sonntag. Abends.
Ich schreibe an meinem Buch.

Ich schreibe auch irgendwie an der Quadratur des Kreises.
Noch einmal kommen mir Richtgrößen in den Kopf: Heilmittelanspruch von 4€ für einen Menschen im Alter von 16-49 Jahren für ein Jahr. Das entspricht 1/5 Krankengymnastik pro Jahr. Das sind 4 Minuten pro Jahr.

Eine Schachtel Zigaretten kostete vor nicht allzu langer Zeit 4€. Ein Raucher, der ½ Schachtel Zigaretten täglich konsumiert, verraucht zu diesem Preis pro Schachtel im Jahr 730 Euro. Das sind 35 Einheiten Krankengymnastik. Ich weiß, man kann es nie allen und jedem recht machen. Eine Herzkatheteruntersuchung kostet über 700€. Ein Raucher, der aufgrund einer koronaren Herzkrankheit (Rauchen ist einer der größten Risikofaktoren für die Entstehung einer koronaren Herzkrankheit) eine Herzkatheteruntersuchung benötigt und danach weiterhin ½ Schachtel pro Tag konsumiert, hat die Summe nach einem Jahr locker wieder reingeholt. Ich frage nicht nach Wirtschaftlichkeit und bestmöglicher Versorgung. Ich frage mich, ob ich nach Sinnhaftigkeit fragen soll, aber ich tue es nicht. Ich kann es am allerwenigsten allen und jedem recht machen!

Welt als Wille und Welt ohne Wille. Ein Gleichnis

Das Gesundheitssystem ist ein Tisch, an dem vier Personen
sitzen. Eine Person repräsentiert die Patienten als Steuerzahler.
Die nächste die Kassen, die nächste die KVen und die vierte
Person die Gesundheitsindustrie. Wie immer geht es ums Geld.
Die Steuerzahler wollen möglichst wenig ins System einzahlen,
die Kassen und KVen verwalten das Geld im System und wollen
natürlich möglichst wenig davon hergeben, Patienten als
Steuerzahler und Gesundheitsindustrie wollen natürlich
möglichst viel davon haben. Alle haben sie in irgendeiner Form
mit *ausreichend, zweckmäßig, wirtschaftlich und das Maß des
Notwendigen nicht überschreiten* zu tun, wobei die Schwerpunkte
von Tischseite zu Tischseite unterschiedlich liegen. Alle ziehen
sie an der Tischdecke, die natürlich viel zu klein ist, um den
ganzen Tisch zu bedecken. Alle wollen sie. Die Tischdecke
schließlich ist der Arzt. Er muss sich an alle Ansprüche und
Anforderungen gleichermaßen halten.
Er ist ohne Wille.

Welt als Wille und Vorstellung. Ein Gedankenexperiment

Wie sozial *muss* ein Staat sein? Wie sozial *darf* er sein? Nun, das
Sozialgesetzbuch V (SGB V) trifft da eine eindeutige Aussage. Es
sollten alle Bewohner *ausreichend, zweckmäßig und wirtschaftlich*
versorgt werden, wobei das *Maß des Notwendigen* nicht
überschritten werden darf. Sind die Kriterien erfüllt, nennt man
dies Sozialstaat. Das Gegenteil davon ist der Asozialstaat. Dort
haben die Reichen viel und die Armen wenig oder die Bösen viel
und die Guten wenig oder die Starken viel und die Schwachen
wenig oder die Mächtigen viel und die Ohnmächtigen wenig
oder und und usw. und usw.

Nun, wir leben in einem Sozialstaat. Hier herrscht das Solidaritätsprinzip:

*Das **Solidaritätsprinzip** beschreibt die Solidarität als grundlegendes Prinzip der Sozialversicherung. Dies bedeutet, dass ein Bürger nicht allein für sich verantwortlich ist, sondern sich die Mitglieder einer definierten Solidargemeinschaft gegenseitig Hilfe und Unterstützung gewähren. Das Solidaritätsprinzip, auch Solidarprinzip, ist die strukturelle Basis der gesetzlichen Krankenversicherung (GKV). Es stellt dabei das wichtigste und zentrale Prinzip der sozialen Sicherung im Krankheitsfall dar, in dem die zu versichernden Erkrankungsrisiken von allen Versicherten gemeinsam getragen werden.*
Die Beitragsbemessung für den Krankenversicherungsschutz orientiert sich prinzipiell an der individuellen finanziellen Leistungsfähigkeit (Leistungsfähigkeitsprinzip) der Versicherten. Die Beitragshöhe ist allein vom persönlichen Einkommen abhängig und richtet sich nicht nach dem persönlichen Krankheitsrisiko, wie zum Beispiel Alter, Geschlecht oder Gesundheitsstatus. Der Leistungsanspruch wiederum richtet sich allein nach dem Maß der individuellen Bedürftigkeit, entsprechend prinzipiell gleichen Kriterien (Bedarfsprinzip), alle Versicherten sind in gleichem Umfang abgesichert, unabhängig von dem gezahlten Beitrag. Auch die Dauer der Zugehörigkeit und die fehlende Inanspruchnahme von Leistungen über längere Zeit führen nicht zu einer Leistungsberechtigung im Sinne eines Ansparens von Leistungen.[15]

Noch einmal zurück zum SGB V und *ausreichend, zweckmäßig und wirtschaftlich* und das *Maß des Notwendigen*. Leider sind wir Menschen keine Klone. Schade. Was wäre, wenn wir alle gleich wären auf der Erde?
Wie viele Menschen gibt es momentan auf der Welt? Auf der Suche nach der Antwort auf diese Frage schaue ich im Internet nach. Dort findet man eine tickende, d.h. zählende Weltbevölkerungsuhr. Gerade jetzt in diesem Moment, in dem ich dies schreibe, sind es 7.815.625.842 Menschen auf der Welt!

Innerhalb von ca. 1 Sekunde wächst die Erdbevölkerung um 1 Menschen an. Also bald 8 Milliarden Menschen!

(Albert Einstein hat 10 Jahre darüber nachgedacht, bis er die Allgemeine Relativitätstheorie entdeckt hatte. Auch ich gebe nicht auf mit meinem Gedankenexperiment, auch wenn ich im Moment noch nicht weiß, wie weit das geht und wohin mich das führt.)

8 Milliarden Menschen. Das ist zu viel zum Rechnen. Also reduziere ich auf 80 Millionen, das ist so ungefähr die derzeitige Bevölkerungszahl in Deutschland.

Wir leben im Jahr 2020. Es herrscht Corona.

80 Millionen Corona-Masken, so genannte Alltagsmasken; ist das:

ausreichend?	Ja ☐	Nein ☐
zweckmäßig?	Ja ☐	Nein ☐
wirtschaftlich?	Ja ☐	Nein ☐

80 Millionen Impfstoffe gegen das Corona-Virus, wenn es den Impfstoff mal gibt, ist das:

ausreichend?	Ja ☐	Nein ☐
zweckmäßig?	Ja ☐	Nein ☐
wirtschaftlich?	Ja ☐	Nein ☐

Schade, dass wir keine 80 Millionen Klone sind. Dann hätten wir alle die gleichen genetischen Voraussetzungen, hätten alle die gleiche Entwicklung und alle die gleiche Lebenserwartung und die gleiche Erwartung vom Leben.

Ich mache jetzt einen kühnen Sprung in meinem Gedankenexperiment, einige Seiten zurück zum letzten Textabschnitt, dem *Gleichnis mit der Tischdecke*.

80 Millionen Klone mit den gleichen Voraussetzungen und Bedürfnissen. Was tun mit der Tischdecke, die zu klein ist für den Tisch? Was tun mit dem Solidaritätsprinzip?
Antwort: ( )

Doch zum Glück sind wir alle keine Klone. Wir sind alle unterschiedlich, individuell. Der eine ist so, der andere so. Der eine hat mehr, der andere weniger. Der eine braucht mehr, der andere weniger. Somit ist *ausreichend, zweckmäßig, wirtschaftlich* und das *Maß des Notwendigen* auch individuell zu betrachten!
Doch wer entscheidet, was für das Individuum *ausreichend, zweckmäßig, wirtschaftlich* ist und dabei das *Maß des Notwendigen* nicht überschritten wird? Nun, die Steuerzahler zahlen in den Topf ein. Die Kassen und KVen verwalten den Inhalt. Die Patienten und die Gesundheitsindustrie wollen aus dem Topf bedient werden, und zwar jeder ganz individuell.
Und wer entscheidet das letzten Endes alles? Der Arzt! Er ist das Tischtuch, an dem alle ziehen und zerren. Er ist der Sündenbock, an dem die Tischgäste ihren Frust ablassen, wenn sie die Tischdecke nicht bekommen!

Was ich jetzt denke, ist gefährlich, das weiß ich. Ich warne den Leser davor, mich in eine Ecke zu stellen! Ich bin politisch weder rechtsextrem noch linksextrem, ich halte mich für unparteiisch und überpolitisch. Ich versuche, jeden Menschen gleich zu behandeln, auf der Arbeit und auch außerhalb der Arbeit. Ich versuche, die Menschen nach *der unantastbaren Würde des Menschen*[16] zu behandeln, soweit mir das auch immer gelingen mag.
Jeder Mensch kann krank und auch so schwer krank werden, dass er aus dem Sozialgefüge herausfällt. Ich weiß das, auch mir selbst ist das schon passiert, auch ich musste schon einmal in meinem Leben über mehrere Monate krankheitsbedingt das Solidaritätsprinzip in Anspruch nehmen.
Ganz ehrlich: Ich liebe das Solidaritätsprinzip!

Aber ist es z.B. ausreichend, zweckmäßig, wirtschaftlich und mit dem Maß des Notwendigen vereinbar, ist es solidarisch, wenn einem 85-jährigen Patienten ein Elektromobil als Kassenleistung verordnet wird, weil andere Hilfsmittel nicht ausreichend sind? Weil die Angehörigen keine Zeit mehr haben, ihn zu versorgen und sich um ihn zu kümmern? Wer entscheidet das?

Antwort: Die Tischdecke!

Darf man so etwas fragen?   Ja ☐   Nein ☐

Nehmen wir an, eine Familie kommt in unser Land und hat noch nie in unser Sozialsystem etwas eingezahlt und hat nichts, kein Geld und die Großmutter ist schwer krank und benötigt eine Herzklappenoperation oder nehmen wir etwas anderes an, nehmen wir an, ein Bewohner unserer Gesellschaft, der noch nie so wirklich in unser Sozialsystem eingezahlt hat oder einzahlen konnte, weil er nicht wollte oder konnte, der aber dafür sein Leben lang geraucht und gesoffen hat und der aus gesundheitlichen Gründen einen Herzschrittmacher braucht. Stigmatisieren nennt man das, was ich gerade mache, ich weiß.

Darf man so etwas fragen?   Ja ☐ Nein ☐, natürlich nicht!

Ich liebe das Solidaritätsprinzip.

Aber ist es z.B. *ausreichend, zweckmäßig, wirtschaftlich* und mit dem *Maß des Notwendigen* vereinbar, ist es solidarisch, wenn ich einem 50-jährigen Patienten, der tagein, tagaus arbeitet und nie krank ist, der mit heftigsten Nackenverspannungen zu mir kommt und nach Physiotherapie fragt, sagen muss, dass ich ihm das nicht verordnen kann, weil mein Topf leer ist? Der geht dann vielleicht zu seiner Krankenkasse und die sagt ihm: Der Arzt kann ihnen alles aufschreiben...

Ich liebe das Solidaritätsprinzip.

(Ich lasse das erst mal so stehen. Ich liebe das Solidaritätsprinzip wirklich. Aber es ist ein ungelöstes Problem. Ich werde Lösungsvorschläge bringen.)

Welt außerhalb der Vorstellung und Welt als Wille
Ein Lösungsansatz.

Es ist Samstagnachmittag. Wir schreiben das Jahr 2020.
Ich schreibe weiter an meinem Buch.

Hey Doc, hab` Bandscheibe[17]! Kannste mir nicht mal n' paar Massagen aufschreiben?

Wie bitte?
Irgendetwas irritiert mich an diesem Satz. Was nur? Ich finde das befremdlich, wenn mich wildfremde Leute einfach so drauflos duzen, Leute, die ich vielleicht noch nie oder erst einmal im Leben gesehen habe, die das erste Mal mir gegenübersitzen. Befremdlich, wenn diese Leute noch nicht einmal halb so alt sind wie ich. Befremdlich, wenn ich den Eindruck habe, dass sie nach außen hin gar nicht den Anschein dazu erwecken. Menschen, deren Bildungsgrad das im Grunde gar nicht erlaubt, die doch etwas gelernt und Bildung und Ausbildung genossen haben im Leben. Leute, deren Eltern, Großeltern und Geschwister sich mokiert fühlen würden, wenn ich diese denn von mir aus duzte. Was soll ich davon halten?

1.   Sprachlosigkeit.
2.   Irritation.
3.   Pause.

Erst einige Patienten später beim nächsten Schnellsozwischendurchkaffee reift so etwas wie Schlagfertigkeit in meinem Geiste.

Dreistigkeit generiert immer wieder Etappensiege im Leben und lässt die anderen sprachlos zurück.

Kaffee ist Doping fürs Gehirn. Also, was soll ich davon halten?

4. *Hey Kumpel, es ist zwar gang und gäbe, dass man in Großbritannien die Queen duzt, aber hier...*
5. *Hey Kumpel, oder hey Mädchen, haben wir schon einmal zusammen einen gesoffen?*
6. Baseballschläger!
7. Konversation mit *Du* weiterführen.
8. Mit Gleichmut und Würde einen erwachsenen Menschen weiter mit *Sie* anreden. So als wäre nichts geschehen (buddhistische Variante).

Somit haben wir erst einmal den achtfachen Pfad der Erkenntnis abgeschlossen. Man kann im Übrigen nie in seinen oder seine Gegenüber hineinschauen; dazu müsste man den Deckel abschrauben und wäre in vielen Fällen gar nicht so sehr erstaunt, nichts darunter zu finden...

Aber irritiert mich diese eingangs so lapidar gestellte Frage nur deswegen? Nein Kumpel, nein Mädchen, auch wenn du mir sympathisch wärst, könnte ich Dir keine Massagen aufschreiben, denn Massagen sind Heilmittel und obwohl das Jahr erst zur Hälfte vollendet ist, ist mein Heilmittelbudget schon weit überzogen, sind Geldsack und –topf leer. Sorry!
Es wird einfach zu oft danach gefragt. Massagen sind der medizinische Weg zur Glückseligkeit, so habe ich zumindest den Eindruck, quasi die neunte Stufe auf dem achtfachen Pfad der Erkenntnis. Und wenn sie nichts kosten, sind sie sogar der Schlüssel zum Nirwana.
Krankenkassen und KVen sehen das ganz anders. Man solle als Arzt bloß nicht zu viel Physiotherapie an Patienten mit Rückenschmerzen verordnen. Das sei ein Fass ohne Boden (...das

sagen die natürlich nicht im Beisein des Patienten). Womit sie gewissermaßen Recht haben; mit dem Fass, meine ich.

Mit dem Schmerz nicht.

Die Patienten mit Rückenschmerzen sollen ihre Übungen selbstständig durchführen, tönen Kassen und KVen unisono. Doch mal ganz ehrlich - Das ist wie Übergewicht und Diät: Wer wenig isst, nimmt immer noch mehr zu - Übungen? Wer macht denn seine Übungen? Doch nicht dann, wenn er oder sie Schmerzen hat und dann nicht mehr, wenn er oder sie keine mehr hat. Ich habe sogar Mitarbeiter und –innen von Krankenkassen unter meinen Patienten, die ihre Übungen bei Schmerzen und nach Schmerzen nicht machen und mich nach Massagen fragen.

Ich hole wieder zu weit aus. Erst mal wieder sammeln.

Mit dem Schmerz nicht, habe ich gesagt und ich muss mich leider widerlegen. Schmerzen und Schmerztherapie sind eines der größten Fässer, wenn nicht das größte Fass ohne Boden in der Medizin überhaupt. Der Schmerz des Patienten strahlt die Hilflosigkeit des Arztes aus. Der Schmerz ist eine unglückliche Krankheit. Der Schmerz ist nicht sichtbar und im Grunde auch nicht messbar. Der Schmerz ist das subjektivste Symptom und das subjektivste Syndrom unter allen Krankheiten. Der Schmerz ist ein Zeichen unserer hochstehenden Kultur. *Man sollte stolz auf den Schmerz sein. Jeder Schmerz ist eine Erinnerung unseres hohen Ranges.*[18]

Der Blick in den Schmerz ist wie der Blick ins Weltall: Man sieht immer mehr davon und es kommt immer mehr zum Vorschein und doch kommt man nicht ans Ziel.

Und er wird bekämpft der Schmerz, mit allen Mitteln der Wissenschaft, mit allen Mitteln der Kunst. Und wie bekämpft man den Schmerz? – Mit Geld! Denn Schmerztherapie kostet Geld und Zeit. Und weder von dem einen noch von dem anderen hat man genug. Zeit ist Geld! Und es gibt unüberschaubar viele Zusammenhänge zwischen Zeit, Geld und Schmerz.

Kurzes Zwischenspiel.

Schmerzen und Arbeit – arbeiten und Schmerz

- Wer den ganzen Tag auf der Arbeit am PC sitzt, bekommt Schmerzen.
- Wer den ganzen Tag zu schwere Steine schleppt, bekommt Schmerzen.
- Wer den ganzen Tag zu schwere Patienten heben muss, bekommt Schmerzen.
- Wer den ganzen Tag lärmende Maschinen um sich hat, bekommt Schmerzen.
- Wer den ganzen Tag lärmende Kinder um sich hat, bekommt Schmerzen.
- Wer den ganzen Tag auf dem Handy herumdaddelt, bekommt Schmerzen.
- Wer den ganzen Tag mit ständigen Ängsten durch die Welt rennt, bekommt Schmerzen.
- Wer den ganzen Tag im Plenarsaal debattiert, bekommt...

...Diäten!

Schon wieder ein achtfacher Pfad! Ich denke nicht weiter, sonst folgt das Nirwana.

Ende Zwischenspiel.

Und wieder besuchen mich meine alten Kumpel aus dem SGB V, *ausreichend, zweckmäßig, wirtschaftlich und Maß des Notwendigen*. Jeder Spaßreisende bekommt jetzt, Mitte des Jahres 2020, einen kostenlosen Corona-Test. Ob das sinnvoll ist, sei dahingestellt, denn darüber steht im SGB V nichts. Ein viele Jahre Arbeitender und nie Krankfeiernder (siehe letzter achtfacher Pfad) bekommt kein Heilmittel, denn es ist zwar *zweckmäßig*   Ja ☐   Nein ☐

ausreichend   Ja ☐   Nein ☐ ?

aber es ist auch

wirtschaftlich   Ja ☐   Nein ☐

Lassen wir einmal *das Maß des Notwendigen* beiseite.
Ein Dilemma! Und nun ganz weit zurück, zum Anfang des Kapitels, zum zweiten Satz der Überschrift. Ich habe einen Lösungsansatz für dieses Problem. Vielleicht nur eine Teillösung aber immerhin! Wer arbeitet, hat im Krankheitsfall Anspruch auf Hilfe und Heilmittel. Mein Ansatz lautet:

Heilmittelgarantiebonus (HGB)!

Ich habe das mit meinen Arzthelferinnen schon einmal durchgerechnet. Ich habe 4 Angestellte. Jede verzichtet im Monat auf 5€ ihres Gehalts. Ich als Arbeitgeber gebe 5€ dazu (bei 4 Angestellten sind das für mich 20€ im Monat, eine für mich sehr gute Flasche Kleinunternehmerrotwein, auf die ich aber bereit bin, zu verzichten). Selbst bei 100 Mitarbeitern sind das im Jahr 2020 nur 500€ pro Monat für den Unternehmer, das sind einige bessere Flaschen Großunternehmerrotwein (...Unternehmerrotwein kennt bekanntlich nach oben keine Preisgrenze). Für meine Mitarbeiterinnen sind das aber garantiert pro Nase 120€ pro Jahr an Heilmitteln. Und 5€ im Monat sind selbst für die 450€ - Kräfte noch nicht einmal eine Packung Kippen (... zum Glück rauchen meine Mitarbeiterinnen alle nicht). In 2 Jahren sind das dann 240€, in 3 Jahren 360€, usw, vorausgesetzt, der Bonus wird nicht angezapft. Ein salziger Tropfen auf den heißen Stein, mag so mancher Groß-, Größer am Größten darüber denken. Aber wer in der Wüste dürstet, erfreut sich über jeden Tropfen.

Aber Moment mal! höre ich die Fachleute und Wirtschaftsmathematiker rufen. Stimmt. Tut mir leid. Ich bedaure. Ich verstehe wirklich nichts davon...

Reise durch Absurdistan. Sinnzusammenhänge

Es ist Dienstagabend. Wir schreiben das Jahr 2020.
Ich schreibe in mein Buch.

AHA!
AHA, ein Akronym[19]. Schaut man bei Wikipedia im Internet nach, findet man *AHA* als Abkürzung für so vieles und noch viel mehr. Das Allgemeine Heeresamt, die allgemeine Homosexuelle Arbeits-gemeinschaft, geschichtlich die American Historical Association, medizinisch die American Heart Association aber auch Antikörper Anti-Hämophiler Faktor A, sportlich die American Hockey Association, humanistisch die American Humanist Association (man sieht, das Land der unbegrenzten Möglichkeiten hat unbegrenzte Möglichkeiten für Akronyme...). Des Weiteren gibt es Ortschaften in Bayern, Baden-Württemberg und in Schweden namens *AHA* sowie eine altägyptische Gottheit und eine norwegische Popband. Jeder hatte mit Sicherheit schon einmal sein *AHA*-Erlebnis (das schlagfertige Erkennen eines gesuchten, jedoch zuvor unbekannten Sinnzusammenhanges). Somit scheint es nicht verwunderlich, dass das Akronym des Coronajahres 2020 ebenfalls mit *AHA* bezeichnet wird. Es ist aber nicht nur das. Es ist zugleich ein Zauberwort, es wird jedoch leider nicht als solches erkannt. *AHA* ist eben nicht *ABRACADABRA*. Schön wärs!
Gegenwärtig, in diesen Zeiten, bedeutet *AHA* nichts mehr als:

- Abstand halten!
- Hände waschen!
- Alltagsmaske tragen!

Wir bitten noch einmal Wittgenstein um Beistand und stellen fest: Würde sich die Welt konsequent an *AHA* halten, wäre zumindest ein Teil unserer Lebensprobleme gelöst und in diesem Fall die Corona-Pandemie schneller besiegt. Aber wie fast immer, die einfachsten Dinge sind die am schwierigsten zu bewältigen. Das Erkennen eines Sinnzusammenhanges schafft meist Sinndivergenz. Statt *AHA* wird an überfüllte Strände in Urlaub gefahren, werden Coronapartys gefeiert, werden Anti-Corona-Demos durchgeführt und *AHA* wird dabei vorsätzlich außer Acht gelassen. Sinnzusammenhänge suchen, Sinnzusammenhänge erkennen. Wieder einmal zurück, zum Anfang dieser Erzählung. Die Menschen wollen Sicherheiten, die Medizin arbeitet mit Wahrscheinlichkeiten. Nicht nur die Medizin, alle Wissenschaften arbeiten mit Wahrscheinlichkeiten. Die moderne Physik erklärt die Welt mit Wahrscheinlichkeiten und mit Statistik, wir wissen das nur nicht. Schade, dass Wissenschaft und Politik das den Menschen nicht erklärbar verständlich machen können, dass die Welt auf Wahrscheinlichkeiten und nicht auf Sicherheiten aufgebaut ist. Corona ist eine Erkrankung der Wahrscheinlichkeiten. *AHA* reduziert die Wahrscheinlichkeit für eine Infektion mit Corona, gibt aber keine absolute Sicherheit. Doch je mehr Menschen sich an *AHA* halten, desto mehr steigt die Wahrscheinlichkeit, Corona einzudämmen und nähert sich asymptotisch der Sicherheit. Da wir nun einmal in einer unsicheren Welt leben, müssen wir uns an die Wahrscheinlichkeiten halten, um Sicherheit zu gewinnen.

AHA!

Noch ein Begriff aus dem Sinnzusammenhang Wahrscheinlichkeit und Wissenschaft: Korrelation.

Eine Korrelation beschreibt eine Beziehung zwischen zwei oder mehreren Merkmalen, Zuständen oder Funktionen.[20]

Mein Gehirn, wenn es über die Welt nachdenkt, ist ständig auf der Suche nach Korrelationen. So gibt es in der Adipositasmedizin eine eindeutige Korrelation zwischen Gewichtszunahme und kaum etwas essen (hier eine negative Korrelation).
Auch Corona ist eine Erkrankung der Korrelationen. So gibt es derzeit Menschen, die in Corona-Gebiete reisen, weil sie es können und dürfen, obwohl sie es nicht müssen. Und sie wollen alle bei der Rückreise einen Corona-Test machen, nicht weil sie es müssen, vielleicht auch nicht, weil sie es wollen, sondern weil der Test jetzt kostenlos ist.

Einige Korrelationshypothesen:

- Die Bereitschaft, einen Corona-Test machen zu wollen, steigt, wenn der Test kostenlos ist
(= positive Korrelation).
- Die Bereitschaft, einen Corona-Test machen zu wollen, sinkt, wenn der Test kostenpflichtig ist
(= negative Korrelation).
- Der Wunsch, sich bei schwerem Corona-Krankheitsbild intensivstationär beatmen zu lassen, trifft auf Menschen zu, die von *AHA* überzeugt sind
(= logische Korrelation).
- Der Wunsch, sich bei schwerem Corona-Krankheitsbild intensivstationär beatmen zu lassen, trifft auch auf Menschen zu (z.B. Verschwörungstheoretiker, Anti-Corona-Demonstranten, Urlaubsreisende, etc.), die nicht von *AHA* überzeugt sind
(= unlogische Korrelation).

Zu prüfende Hypothese:

Gibt es eine Korrelation zwischen Menschen, die in diesen Zeiten unbedingt ins Ausland und Krisengebiete reisen müssen und jenen, die in Panik Klopapier und Mehl horten?
Wäre ich ein Groß-, Größer am Größten, ich würde Horden von Statistikern beschäftigen können, die mit Wahrscheinlichkeiten operieren und Korrelationen herstellen.

Ich bin es aber nicht.

Wie dem auch sei!
Die Menschheit ist einfach nicht zu retten. Wer es unternimmt, landet gnadenlos Schiffbruch. Garantiert!

Postskriptum:
Wäre Corona mit Sicherheit tödlich, wäre *AHA* kein Problem.
Corona ist aber nur mit einer Wahrscheinlichkeit tödlich...

Reise durch Absurdistan. Eine Etappe

Es ist Mittwochmorgen. Wir schreiben das Jahr 2020.
Ich schreibe in mein Buch, obwohl ich keine Zeit hierfür habe, denn die Pflicht der Arbeit ruft.

Es ist schwierig, sich zu konzentrieren, wenn man an Gott und die Welt und das Weltall und die Menschen darin denkt, denn dann denkt man gezwungenermaßen auch über all das nach. Schuld ist gerade die Morgenzeitung. Ich lese meistens nur die Titelseite und davon die Überschriften, selten vertiefe ich mich in einen Artikel. Das ist mir einfach alles viel zu viel.
Lese heute *Missbrauch: Sumpf wird immer tiefer* und *Tönnies wirft bei Schalke hin* sowie *Keine Corona-Massentests in NRW!*
Ich lege die Zeitung aus der Hand. Wer noch nicht psychisch erkrankt ist, muss nur ausreichend häufig, lange und immer

wieder Zeitung lesen. Dann wird er es garantiert. Ich will jetzt auch nicht weiter ausholen und dies erklären, jeder, der diese Zeiten, dieses Jahr 2020 miterlebt hat, wird mich verstehen und er wird es verstehen. Im Großen und Ganzen unterscheidet sich dieses Jahr nicht von all den anderen Jahren zuvor, es ändern sich immer nur die Nuancen, die grundlegenden Dinge bleiben gleich, die Probleme des Menschseins und der Menschheit bleiben. Gott und die Welt können einem echt leidtun, arme Menschen, armes Weltall.

Reise durch Absurdistan. Noch eine Etappe

Es ist Mittwochabend. Im gleichen Jahr.
Ich schreibe an meinem Buch.

Heute war ich mal wieder zwölf Stunden nonstop in der Praxis, obwohl ich Mittwochnachmittags keine Sprechstunde habe. Ob ich das Klischee, Hausärzte haben es gut, die haben mittwochs und freitags nachmittags frei, entkräften kann, weiß ich nicht. Was andere und wie andere über mich denken ist mir im Grunde auch egal, ändern kann ich es ja doch nicht. Ich tue, was ich kann und was ich muss.
Ich denke nach und versuche aufzuschreiben, worüber ich nachdenke. Das ist gar nicht so einfach. Die Fülle der Gedanken macht es mir unmöglich, alles festzuhalten. Beim Sammeln, Sortieren und Ordnen eines Gedankens fallen mehr als ein Dutzend andere hinunter, die es auch verdient hätten, gesammelt, sortiert und geordnet zu werden. Schade.
Ein Gedanke, worüber ich nachdenke und an dem ich hängenbleibe, ist: *Wahrheit.*
Die Wahrheit sagen dürfen. Ich schwöre, die Wahrheit zu sagen und nichts als die Wahrheit, soweit mir Gott helfe, so oder ähnlich heißt es bei der Zeugenvereidigung vor Gericht. Was

passiert denn, wenn der Zeuge nicht an Gott glaubt? Wer hilft ihm dann? Nun ja, ob der Eid mit oder ohne religiöse Beteuerung geleistet wird, ist der Wahl des Zeugen überlassen...[21]

Vielleicht einen Bogen spannen zurück zu Gott. *Was ist Wahrheit?* Eine fundamentale Frage im Neuen Testament (Joh. 18, 38). Gestellt von Pontius Pilatus an Jesus, nachdem dieser bekundet hat, in die Welt gekommen zu sein, um *Zeugnis über die Wahrheit* abzulegen. Leider bleibt die Frage unbeantwortet. Leider steht es auch nicht gut um die Wahrheit. Pilatus verurteilt Jesus daraufhin zum Tod am Kreuz.

Fast könnte man schlussfolgern, es zahle sich aus, besser zu lügen...

Wieder den Bogen zurück zu meinem Regress, der mir einfach keine Ruhe lässt. Habe versucht, Zeugnis über die Wahrheit abzulegen. Hatte gestern folgendes Schreiben in meiner Praxis ausgelegt:

Sehr geehrte Patienten und Freunde!

*Wir sind in die **Regress-Falle** getappt. Aua!*

*Die Prüfungsstelle der Ärzte und Krankenkassen fordert mich auf, für das Jahr 2018 den Betrag von **36.860,97€** zurückzuzahlen! Das ist die Summe, die wir in diesem Jahr zu viel an Heilmitteln (Krankengymnastik, Lymphdrainage, Podologie, Ergotherapie sowie Stimm-, Sprech- und Sprachtherapie) an unsere Patienten verordnet haben.*

Aus diesem Grund werden wir ab 01.07.2020 alle Heilmittel, die das Maß des Notwendigen überschreiten (Sozialgesetzbuch V) nur noch nach Prüfung der Krankenkassen auf Wirtschaftlichkeit, Zweckmäßigkeit und ausreichende Versorgung (Sozialgesetzbuch V) verordnen.

Ich bedaure das sehr. War es doch bislang unser Ziel, unsere Patienten bedarfsgerecht zu versorgen!

Bitte zögern Sie nicht und sprechen Sie mich an!

Ihr/Euer Doc

Habe daraufhin heute meinen Rechtsanwalt gefragt, ob es in Ordnung wäre, meinen Patienten, dem System und der Gesellschaft hierüber die Wahrheit zu erzählen und die Zusammenhänge zu erklären. Mein Anwalt sagt, das sei unklug, ja, das könnte sogar als disziplinarwürdiges Verhalten eingestuft werden. Also besser nicht die Wahrheit sagen, das hat sich auch die letzten 2000 Jahre nicht geändert. Also besser lügen. Aber Lügen ist Sünde. So zumindest sieht es der Kirchenvater Augustinus. Also am besten schweigen! Schweigen ist Gold! Woher auch immer dieser Spruch kommt. Eine schweigende Gesellschaft, eine sprachlose Welt, in der doch pausenlos geredet wird.

Welt ohne Wille (und außerhalb der Vorstellung)

Es ist Donnerstagabend. Wir schreiben das Jahr 2020.
Ich schreibe an meinem Buch.

Regress und Richtgröße ohne Ende. Ich bin ja nicht viel, nur ein kleiner Hausarzt und Landarzt. Ich habe zwar viel zu tun aber nichts zu sagen. Dennoch habe ich viel zu erzählen.
Budget nennt man die für einen bestimmten Zweck einem Wirtschaftssubjekt zur Verfügung stehenden Geldmittel. Ursprünglich heißt Budget übersetzt *Ranzen* (französisch: *bougette*) und meint einen für Geld benutzten Ledersack. Mehr als das, was im Sack drin ist, kann man an Geld nicht ausgeben. Habe ich im Geldsack ein Budget für ein Jahr, muss ich ein Jahr damit auskommen. Ich muss mir also ganz genau überlegen,

was, wann wofür und wie viel ich ausgebe, um ein Jahr über die Runden zu kommen.

Der Begriff Budget verfolgt den Kassenarzt ein ganzes Ärzteleben lang, ähnlich wie der Begriff Richtgröße. Es gibt ein Arzneimittelbudget und ein Heilmittelbudget. Neu war mir allerdings, dass es auch ein Budget für hausärztliche Hausbesuche gibt.

Die Prüfungsstelle der Ärzte und Krankenkassen meiner Region hat mir in meiner Heilmittel-Richtgrößenprüfung für das Jahr 2018 ebenfalls mitgeteilt, dass ich zu viele Hausbesuche in diesem Jahr gemacht habe. Nun, ganz so viele waren es nicht, genau x an der Zahl. Dennoch um 22,35% mehr als der Durchschnitt meiner Vergleichsgruppe. Dafür soll ich nun, wenn ich das richtig verstehe, 2180,40€ zurückzahlen.

Ich lasse das vorerst mal so stehen und schiebe dafür nun einen Artikel ein, den ich bei meinen Recherchen im Internet gefunden habe. In einem Artikel der Tageszeitung *Die Welt* vom 31.03.2018 schreibt ein Herr Ulrich Bettermann unter dem Titel

Der Landärztemangel lässt sich beheben

folgendes:

Zu den Aufregerthemen, die das Mediengeschehen fluten, gehört die angebliche Zwei-Klassen-Medizin in Deutschland. Mit der Realität hat das wenig zu tun. Und für den Landärztemangel gibt es eine Lösung.

Es geht mal wieder mehr um gefühlte Unfairness als erlebte Wirklichkeit. Ich habe noch nie gehört, dass ein Kassenpatient bei gleichem Leiden eine andere medizinische Diagnose und Therapie bekommen hätte als ein Privatversicherter.

Und ganz bestimmt gibt es keinen Kassenpatienten, der im Notfall erst einmal im Wartezimmer platziert wurde, bevor nicht Seine Exzellenz, der Privatversicherte, in die ärztlichen Behandlungs-räume gebeten worden war. Für alle steht ein System der Erster-Klasse-Medizin bereit, um das uns viele Länder beneiden. In Deutschland gibt es zudem die freie Arztwahl. Das Vertrauen der Patienten ist für den Arzt also wichtiger als das Vertrauen der Krankenkasse. Und das ist auch sehr gut so.

Allein der Landärztemangel ist ein echtes Problem

Der Neid gehört allerdings zu den charakteristischen Volkseigenschaften hierzulande. Deshalb glauben viele, sie würden schlechter behandelt als alle anderen – stets und ständig und längst nicht nur beim Doktor. Dass dies mit der Wirklichkeit nicht viel zu tun hat, wissen sie selber.

Aber sie fühlen halt anders. Und in der von Stimmungen geplagten und getrübten Welt der Deutschen wird das Leben dann traurig und leer.

Ein echtes Problem im Gegensatz zu den vielen gefühlten ist in der Gesundheitsversorgung der Landärztemangel. Es gibt heute schon ganze Landstriche, in denen die Leute mehr als dreißig Kilometer unterwegs sein müssen, ehe sie eine Praxis finden, vor allem eine fachärztliche.

Die Kassenärztlichen Vereinigungen in den Bundesländern haben einen gesetzlichen Sicherstellungsauftrag und müssen garantieren, dass die über 70 Millionen gesetzlich Versicherten von Haus- und Fachärzten möglichst rasch und nah an ihrem Wohnort behandelt werden.

Steuerliche Anreize für Landärzte

Dennoch meiden die Ärzte das Land und lassen sich lieber in den Städten nieder, was zu der ärztlichen Unterversorgung ländlicher Regionen führt. Die Gründe liegen auf der Hand, denn in den Städten gibt es mehr Privatpatienten, für deren Behandlung die Ärzte in der Regel höher honoriert werden.

Von ihnen leben können allerdings auch in den Metropolen nur ganz wenige Mediziner. Denn die Masse macht's auch hier, und die stellen die gesetzlich Krankenversicherten.

Wenn die Ärzte für ihre Niederlassung auf dem Lande aber endlich und einfach besser honoriert würden als in der Stadt, dann wäre der Landärztemangel schnell vorüber. Dazu müssten sich die Kassenärztlichen Vereinigungen mit den Krankenkassen etwas einfallen lassen.

Aber auch der Staat und die Kommunen sind gefordert, den Ärzten steuerliche Anreize zu bieten, damit sie wieder verstärkt dorthin gehen, wo sie heute fehlen. Sonst wird die Lage noch wirklich dramatisch.

So weit so gut. Der Autor ist übrigens Geschäftsführer von *OBO Bettermann*, einer der führenden Hersteller von Installationssystemen für die elektrotechnische Ausstattung von Gebäuden und Anlagen und Kolumnist des Wirtschaftsmagazins *BILANZ*. Macht nix! Ich bin Hausarzt und verstehe die Allgemeine Relativitätstheorie nicht.

Weiter im Text.

Hausbesuche sind für die meisten Ärzte etwas Undankbares! Viel Aufwand für wenig Kohle. Entweder man macht sie gerne oder man lässt es. Aus diesem Grunde machen viele, vielleicht sogar die meisten Hausarztpraxen gar keine Hausbesuche mehr. So wird das zumindest den anrufenden und anfragenden Patienten häufig mitgeteilt. Denn scheinbar unterliegen Hausbesuche auch dem SGB V, wonach sie *ausreichend, zweckmäßig und wirtschaftlich* sein und das *Maß des Notwendigen nicht überschreiten* sollten. Das lässt sich in diesem Falle ganz klar zu Gunsten des Arztes entscheiden.

Auf dem Papier und am Schreibtisch liest sich das SGB V in diesem Zusammenhang natürlich ganz ordentlich, in der Realität und auf dem Land gelten allerdings andere Gesetze. Meiner bescheidenen, individuellen Meinung nach kann man so gewiss keine Landärzte rekrutieren. Aber, wie bereits eingangs gesagt, habe ich nichts zu sagen. Nur viel zu erzählen.

Wie dem auch sei. Da ich als Hausarzt im Prinzip auf mich allein gestellt bin und meistens allein gelassen werde, erarbeite ich zur

Lösung dieses Problems meine eigene Strategie und stelle zunächst folgende Fragen.
Sollten Hausbesuche:

ausreichend sein?   Ja ☐   Nein ☐

zweckmäßig sein?   Ja ☐   Nein ☐

wirtschaftlich sein?   Ja ☐   Nein ☐

das Maß des Notwendigen

nicht überschreiten?   Ja ☐   Nein ☐

Da ich wie immer keine Antwort auf meine Fragen bekomme, habe ich folgende Strategie entwickelt. Für einen Standardhausbesuch bekomme ich Stand EBM[22] Juli 2020 23,29€. Zu viele davon sind leider zu viel des Guten. Also mache ich es wie alle andern und mache es wie alle andern: Ich mache keine Hausbesuche mehr und lasse den Satz *(...) Klar ist, wenn ein Patient einen Hausbesuch wegen einer Erkrankung anfordert, dass man dem allein schon aus haftungsrechtlichen Gründen nachkommen muss. Schließlich lässt sich erst vor Ort entscheiden, ob der Patient tatsächlich krankheitsbedingt nicht in die Praxis kommen konnte[23]* außen vor.
Stattdessen verweise ich den Patienten auf den Fahrdienst der kassenärztlichen Vereinigung nach 18.00 Uhr oder am Wochenende, der mit 68,78€ zu Buche schlägt. Da ein Arzt im Notdienst häufig einen deutlich längeren Anfahrtsweg zum Patienten hat als ich, ist die von ihm zusätzlich berechnete Wegepauschale deutlich saftiger als meine.

Genug? Nein, unsere Welt liegt außerhalb der Vorstellung...

Dieser Arzt im Notdienst, der meine Patienten nicht kennt und manchmal auch der deutschen Sprache nicht so wirklich mächtig ist (sorry!!!), ist, unter anderem deswegen, weil er Patient und Vorgeschichte nicht kennt, häufig mit dem Behandlungsprozedere vor Ort überfordert und weist den Patienten ins Krankenhaus ein. Dafür wird ein Krankentransportwagen

bestellt (bei aller Liebe und stundenlanger Recherche im Internet
und im EBM), das will keiner so wirklich sagen, was das kostet.
Aber es kostet.
Danach wird der Patient vielleicht im Krankenhaus
aufgenommen oder auch nicht. Beides kostet, das eine mehr, das
andere weniger...

Ich spule jetzt den Film mal zurück, bis zu der Sequenz meiner
Abrechnungsgebühr von 23,29€ plus etwas Wegegeld.
Wahrscheinlich wäre ich dafür zu meinem Patienten gefahren,
hätte mich kurz mit ihm unterhalten, ihn vielleicht beruhigt,
vielleicht eine Spritze gegeben oder ein Medikament
verschrieben und die Sache wäre für alle zufriedenstellend
erledigt. Aber: unwirtschaftlich...

Letzte Frage.

Wirtschaftlichkeit, kommt das von:

Betriebswirtschaft?   Ja ☐   Nein ☐

oder von:

Wirtschaft (Kneipe)?   Ja ☐   Nein ☐

Welt außerhalb der Vorstellung

Es ist Freitagmorgen. Wir schreiben das Jahr 2020.
Ich schreibe an meinem Buch.

Was mich am meisten ärgert? Dass ich ins offene Messer gelaufen bin und dass ich wusste, dass das so kommt. Dass, dass, dass! Dass-Sätze sind immer knallhart. Knallhart war allerdings meine Beratung seitens der KV zum Thema Regress nicht gewesen. In keinem Fall. Zwar konnte ich mich gut informieren und wurde gründlich und ausführlich beraten, die haben sich auch wirklich Mühe gegeben, das muss ich sagen. Ich hatte auch alle Beratungsangebote bei meiner Planung zur Niederlassung als Hausarzt und Kassenarzt angenommen. Aber das einzig knallharte an der Sache war und ist, dass ich dennoch in die Regress-Falle getappt bin. Knallhart ist nur die *Geld-Zurück-Forderung*!

Das Geld, das *ich* zu viel *für meine Patienten* ausgegeben habe.

Schauen Sie, dass Sie... prüfen Sie, dass Sie... erwägen Sie, dass Sie, usw. In dieser Hinsicht war meine Beratung alles andere als konkret. Keiner hat mir gesagt: So viel Geld hast Du im Geldsack für ein Jahr, also schau, wie Du ein Jahr lang damit klarkommst und wem Du wie viel davon gibst! Unkonkret wie das Beten zu Gott, man betet und tut und tut und betet und im Prinzip hofft man nur. Aber am Ende kommt dennoch das Unheil!
Wann ist denn das letzte Mal in unserem KV-Bezirk in den letzten Jahren ein Regress ausgesprochen worden?
Das sagte ein gewisser Mister X, seines Zeichens Leiter des KV-Geschäftsbereichs Service-Center in einer Beratungsveranstaltung der KV für niederlassungswillige Hausarztkandidaten, der ich beiwohnte.
Irgendeiner von uns beiden hat da wohl etwas falsch verstanden; er oder ich...

Es ist Freitagnachmittag. Am gleichen Tag.
Ich schreibe an meinem Buch.

Ich gehöre doch eher zu den altmodischen Ärzten. Obwohl ich mich mit fünfzig Jahren eigentlich noch recht jung fühle. Ob ich jugendlich bin oder nicht, sollen jedoch andere entscheiden. Aber die Art, meinen Beruf als Hausarzt auszuüben und zu interpretieren, wirkt doch eher altmodisch. Irgendwie bin ich recht altmodisch. Zwar stehe ich auf Arbeitserleichterung durch Technik und IT und versuche hier auf dem neuesten Stand zu sein aber von so neumodischem Zeug wie Telemedizin halte ich nicht allzu viel. Ich will meine Patienten noch sehen, will sie untersuchen und sie anfassen, um zu erfahren, was ihnen fehlt oder was ich für sie tun kann. Und vor allem will ich mit ihnen reden, mich mit ihnen unterhalten und zuhören, was sie zu sagen haben in einer, wenn möglich, angenehmen Atmosphäre. Ich bin ja nicht nur Arzt, ich fühle mich als Mensch und war auch und bin immer auch noch Patient. Ich will mit meinen Patienten so umgehen, wie ich es gerne hätte, wäre ich denn selbst Patient. Klar kann ich es nicht immer jedem recht machen. Ich will den Menschen die Hand geben, wenn ich es darf und sie auch einmal in den Arm nehmen, wenn es sein muss. Altmodisch eben.
Die moderne Medizin hat die Menschlichkeit verloren und den Menschen in unserem hochtechnologischen Zeitalter telemetrisch und telemedizinisch zur Maschine degradiert.
Auch wird ein altmodischer Arzt heutzutage nicht mehr reich. Sicher, er kann ganz gut davon leben, aber er stößt damit nicht mehr in die materiellen Sphären der gesellschaftlichen Oberschicht vor. Mit ehrlicher Arbeit, im Schweiße seines Angesichts kann der Arzt heutzutage kaum mehr viel Geld verdienen. Um dieses Dilemma zu beseitigen haben die modernen Ärzte das IGeLn erfunden.

Die in Fachkreisen in Deutschland so genannten individuellen Gesundheitsleistungen –kurz IGeL- sind Leistungen, für welche die Krankenkassen in der Bundesrepublik nicht leistungspflichtig sind oder deren Sicherstellung anderer Leistungserbringer obliegt. (...) Dies gilt insbesondere für Leistungen, die nach der Entscheidung des Gemeinsamen Bundesausschusses (GBA) in den Richtlinien nach §92 SGB-V von der Leistungspflicht der gesetzlichen Krankenversicherung ausgeschlossen wurden, weil sie über das vom Gesetzgeber definierte Maß einer ausreichenden, zweckmäßigen und wirtschaftlichen Patientenversorgung hinausgehen (sog. Übermaßversorgung). Diese Leistungen können von den Vertragsärzten in Deutschland gegenüber gesetzlich versicherten Patienten nur im Rahmen einer Privatbehandlung gegen Selbstzahlung erbracht werden.[24]

Es gibt eine stattliche Anzahl von IGeL-Befürwortern in den ausführenden Fachkreisen, manche verdienen sich gewissermaßen eine goldene Nase damit, man muss es nur richtig anstellen und die Sache richtig verkaufen. Auch die Industrie hat das schon mitbekommen, es gibt mittlerweile schon regelrechte Marketingzweige, Firmen, die einen dazu beraten, wie man richtig IGeLt. Jeder versucht den Geldsack, die *Bougette* anzuzapfen, wo es nur geht.
Was ist der Sinn des Lebens? Es gibt einen genialen Film mit diesem Titel der Monty-Python-Gruppe. In der Realität allerdings ist der Sinn des Lebens klar umrissen: Geld und Geld haben! Hierzu eine kurze Geschichte.

Das FOCUS-Magazin wollte mich vor kurzem in die Liste *FOCUS-Top-Mediziner, Deutschlands renommierteste Ärzte* setzen! Ich fühlte mich zunächst geehrt und gebauchpinselt, als ich das Schreiben mit dem Angebot las. Trotzdem umschlich mich ein seltsames Gefühl. Wo war der Haken an der Sache? Als Arzt und als Chirurg, der ich nun mal bin, machte ich mich ans Präparieren. Ich recherchierte. Ich studierte die zugeschickten Unterlagen genauer und wurde irgendwo darin aufmerksam gemacht, ein Premium-Profil erwerben zu können:

Mit einem Premium-Profil werden Sie anhand Ihrer medizinischen Schwerpunkte besser gefunden und können sich Patienten gegenüber ansprechender präsentieren.

Kosten für das Premium-Paket: 59€ pro Monat, Laufzeit 12 Monate, für das Premium-Plus-Paket 89€ pro Monat, Laufzeit 12 Monate. Doch damit noch nicht genug. Zudem könne ich ein Siegel erwerben, um damit auf meiner Internetseite für mich Werbung machen zu dürfen:
Schaffen Sie Vertrauen und sorgen für einen klaren Vorsprung gegenüber Ihren Wettbewerbern! so FOCUS.
Kosten für die Lizenz: 1900€ pro Jahr!

Wer es nicht glaubt: nachzulesen auf *focus-arztsuche.de...*

Als Arzt und Chirurg machte ich das, was ich am Ende einer Operation tun muss: Ich nähte den Bauch wieder zu und schickte den Blödsinn an FOCUS zurück. So viel war mir meine Kompetenz, so viel war ich mir dann doch nicht wert.

Zurück zu den IGeL-Leistungen. Vielleicht bin ich einfach nur zu doof. Oder mir fehlt einfach das Gen zum guten Geschäft, wie man den Leuten das Geld aus der Tasche zieht. So ist das mit den Genen. Gute Gene, schlechte Gene. Die einen haben es die anderen nicht. Es gibt nun mal Krieger und Pazifisten auf der Welt.
Nichtsdestotrotz ist diese IGeLei für mich persönlich moderner Ablasshandel. Zahle und Deine Sündenstrafen und / oder die Deiner verstorbenen Angehörigen werden Dir erlassen, abhängig davon, wie viel Du bezahlst. Zahle und Gesundheit wird Dir gegeben, je mehr, desto besser.
Man kann Gesundheit nicht kaufen!
Aber man kann gesund leben!
Eine sinnvolle Individuelle Gesundheitsleistung (IGeL) wäre, mit dem Rauchen aufzuhören, mit dem Saufen aufzuhören, sich gesund zu ernähren, keine Drogen einzunehmen, sich nicht

ständig zu streiten und aufzuregen, sich ausreichend zu bewegen und auch ausreichend Ruhepausen einzulegen. Das alles kostet nichts! Aber ich bin nun mal ein sehr altmodischer Arzt und Mensch. Ich werde nicht mehr reich werden. Eher arm. Wenn ich die Regressforderung denn tatsächlich zurückzahlen muss.

Welt als Wille

Es ist Samstagnacht, kurz nach zwölf Uhr. Wir schreiben das Jahr 2020.
Ich schreibe in mein Buch.

Ich und meine Gedanken, es sind so viele. Aber ich habe mir vorgenommen, sie nicht mehr fliegen und sie nicht einfach mehr fallenzulassen. Ein Gedanke hat es verdient, verfolgt zu werden, verdient, bearbeitet zu werden. Ich habe mir vorgenommen, meine Gedanken in die Tat umzusetzen. Nur so entwickelt und dreht sich die Welt weiter. Zum Glück grüble ich nicht mehr nachts und lasse mich nicht mehr durch das Gedankenkreisen foltern, zermalme mir nicht mehr das Gehirn über Dinge, die ich nicht ändern kann. Die Zeiten, in denen ich dadurch schwer depressiv wurde, sind definitiv vorbei. Wenn ich nachts nicht schlafen kann, tue ich etwas. Ich stehe dann auf, ich höre Musik, ich lese ein Buch, ich schaue fern, um mich abzulenken. Oder ich versuche, die Grübelei positiv in die Tat umzusetzen und meine Gedanken zu ordnen, zu sortieren und sie aufzuschreiben. Goethe hat schon Recht, wenn er im *Faust* schreibt:

Geschrieben steht: Im Anfang war das Wort.
Hier stock ich schon, wer hilft mir weiter fort?
Ich kann das Wort so hoch unmöglich schätzen,
ich muss es anders übersetzen,

wenn ich vom Geiste recht erleuchtet bin.
Geschrieben steht: Im Anfang war der Sinn!
Bedenke wohl die erste Zeile,
dass Deine Feder sich nicht übereile!
Ist es der Sinn, der alles schafft?
Es sollte stehn: Im Anfang war die Kraft!
Doch auch indem ich dieses niederschreibe,
schon warnt mich was, dass ich dabei nicht bleibe.
Mir hilft der Geist! Auf einmal seh ich Rat
Und schreibe getrost: Am Anfang war die Tat!

Vielleicht doch ein Buch über mich schreiben und die Zeiten, in denen ich ein depressiver Mensch gewesen bin und die Phasen, in der ich an schweren Depressionen litt. Glücklicherweise bekomme ich heute keine Depressionen mehr, dafür sorgen auch 100 Milligramm Sertralin morgens und 2,5 Milligramm Olanzapin zur Nacht sowie und vor allem die ordentliche Dröhnung von 150 Milligramm Pregabalin vor dem Schlafengehen. Der pharmakologischen Chemie sei Dank bin ich heute ein einigermaßen gechillter Mensch. Warum ich das erzähle? Nun, ich schäme mich nicht mehr dafür, zu sein wer ich bin und was ich bin. Das habe ich aufgegeben. Zusätzlich hilft mir heute meine mehr oder weniger positive Einstellung zu den Dingen und zum Leben und mein innerer Auftrag an mich selbst, dranzubleiben und niemals aufzugeben. Ich kann vielleicht nicht alle Probleme lösen, aber es gibt kein Problem, das ich nicht in irgendeiner Form anpacken kann!
Auch ein Regress ist heute kein drohender Abgrund mehr für mich. Er verschafft mir zwar Kummer und Sorge, aber ich kann damit umgehen und dem Ganzen vielleicht doch etwas Positives abgewinnen, in dem ich mich zum Kampf aufraffe, mich nicht geschlagen gebe. Das wiederum fließt als positive Energie in mein Leben ein. Ein drohender Regress? Pah, lächerlich! Daran ist noch keiner gestorben. Ob mich das in den Ruin treibt, kann ich im Moment noch nicht sagen, wahrscheinlich eher nicht. Wer

nicht kämpft, wer nicht in die Tat umsetzt, kann auch nicht
gewinnen!

Welt ohne Wille. Interludium

*Als Helfersyndrom bezeichnet man negative Auswirkungen
übermäßiger Hilfe, die häufig in sozialen Berufen (wie Lehrer, Arzt,
Kranken- und Altenpfleger, Pfarrer, Psychologe, Sozialarbeiter)
anzutreffen sind. Es wurde erstmals 1977 von dem Psychoanalytiker
Wolfgang Schmidbauer in seinem Buch* Die hilflosen Helfer
beschrieben.
*Die Störung, die übermäßiger Hilfe zugrunde liegt, wurde später auch
als pathologischer Altruismus (krankhafte Nächstenliebe) bezeichnet.*[25]

Ich kann nichts dafür, dass ich nachts oder am Wochenende ans
Telefon gehe, wenn ein Patient anruft und meine Hilfe braucht.
Ich kann nichts dafür, dass ich einen Rat gebe, wenn er gebraucht
wird. Ich kann nichts dafür, dass ich versuche zu antworten,
wenn ich gefragt werde. *Hier stehe ich, ich kann nicht anders.*[26]
Ich glaube, ich bin ganz schön gestört, ich bin ganz schön krank.

Reise durch Absurdistan. Eine Etappe

Es ist Mittwochabend. Wir schreiben das Jahr 2020.
Ich schreibe an meinem Buch.

Ob Regress, Corona, Ärzte oder Herr Trump: Irgendwie hat man den Eindruck, es geht tatsächlich immer ums Geld. Wir können nichts dafür, dass wir in Zeiten wie diesen leben, und somit kann ich nichts dafür, dass ich über diese Zeit schreibe. Doch egal in welchen Zeiten wir leben und über welche Zeiten auch immer geschrieben wird, die Welt hat sich nicht verändert, die Themen ändern sich vielleicht immer mal wieder aber die Inhalte sind gleichgeblieben. Und weil ja alles irgendwie mit allem zusammenhängt, habe ich überhaupt keine Angst, den roten Faden zu verlieren. Ich muss ihn nur immer wieder aufheben. Es gibt individuelle und kollektive Probleme. Ein Regress ist ein individuelles Problem, was kein Kollektiv betrifft, Corona sowohl ein individuelles als auch ein kollektives Problem. Aber kein Problem aus dem man nicht doch Geld herausschlagen könnte. Es bestürzt mich auch schon lange nichts mehr. *Qui habet aures audiendi, audiat* (Lk 14; 35).[27]
Wer seine Sinnesorgane nutzt, der kann sich ein Bild von der Welt und sich einen Reim darauf machen. Nur besser verstehen kann er die Welt deshalb noch lange nicht, das bleibt außerhalb der Vorstellung.
Habe heute erstaunliches gelesen, was mich persönlich aber überhaupt nicht erstaunt. Wir leben im Jahr 2020. Nach Recherchen von *Report Mainz* stellen Ärzte Atteste gegen die Maskenpflicht zur Bekämpfung der Corona-Pandemie aus. Einige stellen diese aus, ohne den Patienten vorher gesehen zu haben, geschweige denn mit ihm gesprochen oder ihn untersucht zu haben. In einigen Fällen wurden diese nach e-Mail-Anfrage durch den Patienten und Schilderung der Symptome bescheinigt und per e-Mail an diesen zurückgeschickt. Telemedizin nennt man das, glaube ich... Preis für ein Attest: 50€!

Mich überrascht das überhaupt nicht.

Ich bin selten mit unserer Politik d`accord. Ich bezeichne mich selbst als unpolitischen Menschen, der sich keiner politischen Richtung zugehörig fühlt. Aber in diesem Falle stimme ich Herrn Lauterbach[28] zu, der dies als äußerst verwerflich bezeichnet und sagt, dass ein Arzt zwar privat seine eigene Meinung zur Maskenpflicht haben könne, dies aber nicht mit seiner Berufsausübung vermengen darf. Aus seiner Sicht werde hier die in den Bundesländern gesetzlich vorgeschriebene Maskenpflicht durch lapidare Atteste unterlaufen.

Respekt, ganz ehrlich.

Es zeigt sich mal wieder ganz deutlich: Ärzte sind auch nur Menschen und eben nur Halbgötter in Weiß und von den Göttern weit entfernt. Jeder Mensch scheint wohl bereit zu sein, sich für Geld zu prostituieren.

Ganz ehrlich: Auch ich habe hier in letzter Zeit so einiges dazugelernt.

Um die Verbindung zu bereits Erzähltem wieder herzustellen hier noch einmal eine kurze Geschichte.

Kam doch letztens wieder mal ein Vertreter zu mir in die Sprechstunde, um mir sein medizinisches Produkt schmackhaft zu machen, welches ich ab sofort verkaufen solle. Noch während er Luft holte, unterbrach ich ihn: *Sehen Sie*, sagte ich, *es ist schön für Sie und weniger für mich, wenn Sie Zugang zu meiner kleinen Welt haben wollen. Aber wenn Sie den Fuß in meine Tür bekommen wollen, muss Ihre Firma dafür auch etwas investieren. Zahlen Sie also bitte 10000€ auf das Konto einer seriösen wohltätigen Organisation. Bei Vorlage einer Spendenquittung dürfen Sie dann ein Jahr zu mir kommen und meine Zeit stehlen...* Wie? Oh, das habe ich jetzt aber wirklich nur geträumt!

Welt ohne Wille. Zwischenbilanz

Es ist früher Sonntagmorgen. Wir schreiben das Jahr 2020.
Ich schreibe in mein Buch.

Ein schöner warmer Sonntagmorgen. Alles ist friedlich.
Morgens um Sieben ist die Welt noch in Ordnung läuft gerade im Radio, ungewöhnlich für meinen Sender. Trotzdem bin ich irgendwie aufgewühlt. Habe eine Woche hart gearbeitet und mich am Samstag wieder mit Regressarbeit beschäftigt. Ich bin müde, fühle mich ausgebrannt und erschöpft. Ich frage mich, warum ich das noch mache, warum ich noch als niedergelassener Landarzt arbeite. Ich frage mich, warum man überhaupt so etwas macht, warum Menschen als Arzt arbeiten wollen. Im Grunde ist dieser Beruf die größte Desillusionierung, die man sich vorstellen kann. Weder wird man reich noch berühmt noch gewinnt man Prestige. Vielleicht doch? Mit dem Reichwerden schon, wenn man Geldquellen erschließt, die über *das Maß des Notwendigen* hinaus-gehen. Berühmt werden? Es gibt viele Wege, als Arzt berühmt zu werden, der härteste Weg ist harte Arbeit, die weichen Wege, nun ja, da sind der Kreativität keine Grenzen gesetzt. Wie ist das mit dem Prestige? Halbgott in Weiß, Heiler, Wunderdoktor, der, der alles kann und alles weiß? Ehrlich, ist das denn richtig? Was können wir Ärzte denn schon? Doch nur das, was wir gelernt haben. Wenn wir es viel geübt und immer wieder probiert und uns damit auseinandergesetzt haben, können wir es vielleicht sogar gut. Richtig gut werden wir aber nur durch individuellen Einsatz an der Sache und an uns selbst. *Qualität entsteht auch heute nicht durch Programme oder Schulen, sondern durch den einzelnen.* Das steht im dtv-Atlas zur Musik! Lässt sich aber auf alle Lebensbereiche anwenden, auch auf die Medizin. Aber sind wir Ärzte Halbgötter in Weiß? Können und wissen wir alles? Wir können und wissen noch nicht einmal asymptotisch alles, auch wenn wir so denken, nein, wir sind meilenweit davon entfernt. Bei den meisten Patienten,

die vor mir sitzen, kann ich oft nur wie Sokrates[29] denken: *Ich weiß, dass ich nichts weiß...*
Ich denke, da ich heute früh viel Zeit habe, einmal darüber nach, wer oder was ich so bin als Arzt.

Ich bin:

- *Mülleimer und Müllhalde*: Etwas, wo man alles, was man nicht mehr braucht, was zu viel und unnötig ist, einfach so wegschütten kann. Augen zu, weg ist weg.

- *Priester, Seelsorger, Weg zu Gott*: Streichle seelische Wunden, vergebe Sünden und erteile die Absolution, weitere Sünden zu begehen.

- *Psychologe*: Schade, dass ich noch keine Couch habe!

- *Eheberater*: Für Paare nach 5 Tagen, 5 Jahren und auch nach 50 Jahren Ehe.

- *Kindergärtner*: Für kleine, junge und für große, alte Kinder.

- *Maschine*: ON/OFF! Funktionieren auf Knopfdruck.

- *Laxansberater*: Für Menschen, denen jegliche geistige und körperliche Bewegung abhandengekommen ist; selbst der Darm hat keinen Bock mehr.

- *Weihnachtsmann*: Erfülle alle Wünsche. Gelbe Scheine, rote Scheine, Drogen und Ballermannhormone auf Rezept sowie Augur[30] für die 6-Richtigen im Lotto.

- *Verantwortung in Person*: Mit meiner Unterschrift erteile ich Patienten einen Freibrief, alles das zu tun oder zu unterlassen, was sie wollen oder nicht wollen.

Was bin ich noch?

- *Ein armes Würstchen*: Ohne Kommentar!

- *Kämpfer* an allen Fronten im Minkowski-Raum.[31]

- *Einsamer Rufer* in der Wüste: (*...hört mich denn keiner?*)

- Ein moderner *Don Quichotte*: Kämpfer gegen alle Windmühlen.

Was bin ich noch?

- Erschöpft.

Was bin ich noch?

- Panegyriker[32] auf die Perfektion.

Das sagte ich bereits und alle denken jetzt: *Was für ein arrogantes Arschloch!* Aber ich habe mit keinem Wort gesagt, dass ich perfekt bin, nein, ich bin meilenweit davon entfernt. Es wurmt mich nur immer sehr, wenn ich eine Sache nicht gut gemacht habe. Das ärgert mich. Dann arbeite ich daran, dass es beim nächsten Mal besser wird. Mehr wollte ich damit nicht sagen.

Was will die Politik, was wollen die Gesundheitskostenträger, die Krankenkassen vom Arzt?

Stop! Ich rudere zurück.
Die Krankenkassen sind nicht die Gesundheitskostenträger, sie sind nur die Sammler und Verteiler. Mit dem Gesammelten spenden sie nicht nur Gesundheit, nein, sie finanzieren auch millionenschwere Werbemaßnahmen. Sie lassen sich davon teure Gebäude und Zentren bauen. Und sie leisten sich teure

Chefetagen. Die Gesundheitskostenträger sind vielmehr die Patienten oder die Steuerzahler. Dazu später mehr.

Noch einmal von vorne. Was will die Politik, was wollen die Krankenkassen vom Arzt? Nun, was die Politik wirklich will, das weiß im Grunde keiner so genau, zumindest ich weiß es nicht. Sie will wohl viel sagen und dabei wenig aussagen. Die Krankenkassen wollen in erster Linie eines: Viel einsammeln und wenig davon verteilen. Das nennt man wirtschaften.

Grundsätzlich wollen sowohl Politik als auch Krankenkassen vor allem *wirtschaftlich* und *das Maß des Notwendigen nicht überschreiten*. Am liebsten ist ihnen der Arzt mundtot, willig und gleichgeschaltet. Also erlassen sie Gesetze, nach denen der Arzt *wirtschaftlich* arbeiten und *das Maß des Notwendigen nicht überschreiten* soll. Sie haben aber dummerweise auch ins SGB V eingebaut, dass der Arzt auch *zweckmäßig* und *ausreichend* arbeiten soll. Das widerspricht sich in der Regel. Sind wir denn noch bei Verstand? Ein Arzt, der *das Maß des Notwendigen nicht überschreiten* und *wirtschaftlich* arbeiten soll und dennoch *ausreichend* und *zweckmäßig* praktizieren soll, neigt dazu, eine schizotypische Persönlichkeitsstörung zu entwickeln. Der Zweck heiligt doch bekanntlich die Mittel, heißt es doch so schön. Das wird doch, nicht nur in der Medizin, tagtäglich praktiziert. Ein Arzt, der sowohl *ausreichend* und *zweckmäßig* als auch *wirtschaftlich* arbeiten und dabei *das Maß des Notwendigen nicht überschreiten* soll, kann gar nicht anders als den Mund aufmachen und willenlos agieren. Und schon fällt das Kartenhaus SGB V in sich zusammen und gleicht einem Trümmerfeld. Was tun, fragen sich natürlich die Politik und die Kostenverteiler. – Ärzte gleichschalten! Zum einen durch noch mehr Gesetze und Auflagen. Zum anderen durch Zentralisierung. Volltreffer! Je mehr Ärzte unter einem Dach, je mehr Ärzte unter einem Dachverband, desto weniger muss der Einzelne dazu sagen und desto weniger hat er auch dazu zu sagen. Für viele ist das natürlich bequem, überlässt man doch die Verantwortung den Cleveren und Intelligenten. Der Speerspitze. Die Partei hat immer Recht! *Große Zentren statt kleiner Praxen* so der Slogan eines medizinpolitischen Sprechers unter den Regionalfürsten der Ärzteschaft. *Zentralisierung ist die Zukunft der Medizin* so argumentiert auch ein Großteil der Gesundheitsminister. Und alle haben sie nur das Wohl des Patienten im Auge. Und damit abschließend zum Hauptakteur des Gesundheitswesens, dem Patienten.

Was will der Patient vom Arzt?
- Eine Sicht der Dinge.

Patienten wollen alles! Bestmögliche Behandlung und am besten rund um die Uhr. Kurze Wege und kurze Wartezeiten. Wenig Aufwand. Sie wollen Sicherheit, kein Risiko. Sie wollen, dass man ihnen Entscheidung und Verantwortung abnimmt. Und vor allem wollen sie alles kostenlos und nichts dafür investieren.

- Eine andere Sicht der Dinge.

Kostenlos stimmt nicht. Zumindest für die, die in das System einzahlen, die Arbeitenden. Immerhin geben sie derzeit (2020) 7,3% in die Krankenversicherung, 9,3% in die Renten-versicherung und 1,525% in die Pflegeversicherung an Sozialabgaben ab.
Kostenlos stimmt nicht, auch für die, die Arbeitslöhne bezahlen. Sie geben das gleiche nochmal an Sozialabgaben ab. Ob das zusammen ausreichend und zweckmäßig ist, ist eine andere Frage.

Was will der Patient vom Arzt?
- Meine Sicht der Dinge.

Der Patient will seinen persönlichen Arzt. Der Patient will seinen persönlichen Berater in Gesundheitsfragen und seinen persönlichen Beichtvater. Der Patient will als Patient und als Mensch von seinem Arzt ernst genommen werden. Das wollen auch die, von denen man das im Grunde gar nicht erwartet. Das wollen auch Verschwörungstheoretiker und Corona-Gegner. Im Ernstfall wollen das auch Regionalfürsten der Ärzteschaft und Gesundheitsminister. In der Not gehen immer Tausend auf ein Lot.

Wie dem auch sei. Ich bin ein einsames schwarzes Schaf und habe nichts zu sagen.

Reise durch Absurdistan. Eine Etappe

Es ist Sonntagnachmittag. Wir schreiben das Jahr 2020.
Ich schreibe an meinem Buch.

Regress ohne Ende. Richtgröße ohne Ende.
Ideen sind wie reife Früchte, die vom Baum fallen. Man muss sie nur aufsammeln, will man sich an ihnen laben. Lässt man sie liegen, vergammeln und verfaulen sie. Dann taugen sie zu nichts mehr und man muss ein ganzes Jahr warten, bis neue Früchte reif sind. Also, aufsammeln und dranbleiben.
Zum Glück gehen mir selten die Ideen aus. Irgendein Gedanke über das, was ich so erlebe, lässt sich schon weiterentwickeln.
Wie erklärt man einem Landwirt unter seinen Patienten, was Richtgröße, was ausreichend, zweckmäßig und wirtschaftlich ist? Schwierig?
Nun, um zu vereinfachen, erzähle ich eine Geschichte.

Stellen Sie sich vor: Sie sind Schweinebauer und müssen Schweine aufziehen. Ihre Genossenschaft stellt Ihnen eine bestimmte Menge an Viehfutter zur Verfügung, damit müssen Sie ein Jahr lang auskommen. Sie haben 90 Schweine. Kalkuliert sind das 100 Gramm Futter täglich pro Schwein für ein Jahr. Doch das reicht natürlich nicht aus, damit wachsen die Tiere nicht und werden nicht fett. Es müssen mindestens 300 Gramm pro Tier und Tag sein, wenn das etwas werden soll (...ich verstehe nichts von Schweinezucht, das ist nur ein Rechenbeispiel...). *Also, 300 Gramm pro Tier und Tag sind notwendig. So viel haben Sie aber nun mal nicht. Also, was tun Sie? Geben Sie den Tieren nur jeden 3. Tag die gesamte Menge zu fressen? An den beiden Tagen dazwischen müssen die Tiere hungern und gedeihen somit auch nicht. Sie geben also nur 30 von Ihren Schweinen die ausreichende und zweckmäßige Futtermenge von 300 Gramm täglich. Die übrigen 60 Tiere müssen also verenden...* Ich finde die Geschichte toll!

So ein Blödsinn! sagt der Landwirt.

Es ist Sonntagabend. Am gleichen Tag, im gleichen Jahr.
Ich schreibe weiter an meinem Buch, nachdem ich gerade erst einmal drei Stunden auf der Couch geschlafen habe.

Regress ohne Ende.
Eigentlich bin ich müde und erschöpft, dieser Regress schafft mich wirklich! Lese das am Nachmittag Geschriebene noch einmal durch und lege dann den Landwirt, der mich im Laufe der Woche aufsuchte, gedanklich beiseite. Lasse den Tag und die Nacht zuvor Revue passieren. Hatte am Vortag damit begonnen, die Regressunterlagen zu sichten und zu bearbeiten. Ich hasse Papierkram! Das liegt wohl daran, weil ich ein so ungeduldiger Mensch bin. Papier ist geduldig, heißt es doch so schön. Aber wir sind keine Freunde, das Papier und ich. Das sind eher andere. Juristen z.B., wahre Freunde des seitenlang Kleingedruckten. Die Besten unter ihnen werden auch manchmal als wahre Aktenfresser bezeichnet. Unglaublich! Oder Politiker, die die Gesetze, mit denen sich dann die Juristen beschäftigen, in tage- und nächtelangen Mammut-sitzungen ausdiskutieren und debattieren und die schriftlich ausgeführt ganze Bibliotheken an bedrucktem Papier füllen. Erstaunlich! Für mich ist das unvorstellbar. Das Papier ist einfach nichts für mich. An mich gerichtete Arztbriefe von Kollegen, die länger als eine, maximal

zwei DIN A-4 Seiten lang sind, sind für mich nicht lesbar, weiß ich doch am Ende des Ganzen dann nicht mehr, was am Anfang steht. Je länger, desto weniger weiß ich, worum es geht. Was sich sagen lässt, dies lässt sich klar und deutlich sagen und *wovon man nicht sprechen kann, darüber muss man schweigen.*[33] Zu viel bedrucktes Papier ist für mich wie ein riesiges Gasthausschnitzel mit so vielen Pommes, dass diese über den Tellerrand hinunterfallen. Schon beim Anblick habe ich genug, bin ich satt. Somit ist es vielleicht gut gemeint aber in meinem Falle sicherlich schlecht gemacht, wenn man mir bedrucktes Papier zukommen lässt. Jeden Tag das gleiche Szenario: Werbung. Werbung, Werbung, von irgendwelchen Schnorrern oder Halsabschneidern zugesandt. Über ein Dutzend von mir nicht gewollte und nicht bestellte medizinische (Pseudo-) Fachzeitschriften, kostenlos zugestellt (kostenlos deshalb, weil diese Literatur zu fünfzig Prozent aus Werbung der pharmazeutischen Industrie besteht). Und in allen Blättern steht der gleiche Papiersalat, wieder und wieder durchgekaut. Erkenntnisgewinn: Unwesentlich mehr als nichts. Nichts als Infotainment. Schade um die schönen Bäume, die dafür gefällt werden...

Und womit musste ich mich gestern beschäftigen? – Mit Papier! 216 Seiten Regressunterlagen. Alle Patienten, denen ich im Jahr 2018 Heilmittel verordnete und alle Heilmittel, die ich im Jahr 2018 verordnete, sind darin aufgeführt. Alle Daten dieser Patienten, wirklich alle Daten, dem Datenschutz zum Trotz, biopsychosoziometrisch erfasst. Ich will dies alles nicht weiter ausführen, dass der genaue Zeitpunkt der Zeugung der Patienten nicht erfasst wurde, verwundert mich. Ansonsten fehlt es an nichts. Fast! Die Namen der Patienten sind darin nicht genannt, diese mussten wir (ich sage wir, denn ich habe helfende Hände, die besten Arzthelferinnen der Welt) in mühsamer und zeitraubender Kleinarbeit anhand der erhobenen Daten erst einmal aus unserer Praxiscomputerdatenbank heraussuchen. Macht nix, wir haben ja sonst nichts Besseres zu tun. Ich frage mich, wie lange die gebraucht haben, das alles zu sammeln, zu sortieren und zu tabellarisieren, bestimmt gibt es Menschen, die ihren ganzen Arbeitstag nichts anderes machen, aber ich frage mich das nicht so wirklich. Natürlich muss ich diese ganze sortierte und tabellarisierte Ordnung für mich neu sortieren und erst mal die Namen der Patienten ihren sonstigen Daten zuordnen. 216 DIN A-4 Seiten! Daten, in Zeilen und Spalten. Irgendwann erkenne ich ein Muster. Legt man die Seiten im DIN A-4 Querformat in einer sinnvollen Reihenfolge aneinander, erkennt man, dass jedem Patienten eine Zeile zugeordnet ist. Diese Zeile erstreckt sich über 27 Seiten im Querformat. Bei Seite 28 geht es dann wieder von vorne los, bei Seite 56 wieder, usw. Gut so, das ist erst mal erkannt.

Glücklicherweise habe ich vor ein paar Tagen ein paar Pritt-Stifte gekauft und mache mich nun ans Aneinanderkleben der aneinandergelegten Seiten. Diese Arbeit dauert fast vier Stunden. Aber was soll ich machen, sonst verliere ich den Überblick. Ordnung muss sein! Nachdem ich die ersten 27 Seiten der im Querformat anliegenden Seiten aneinandergeklebt habe, mustere ich die erste Zeile Spalte für Spalte. In vielen Spalten steht für mich wirres Zeug. Zahlen, mit denen ich nichts anfangen kann. Spalte 5, das könnte das Geburtsdatum sein! Zwei Spalten weiter vielleicht das Datum der Verordnung des Heilmittels? Aber viele weitere Spalten? Redundanz!

Redundanz nennt man *das Vorhandensein von eigentlich überflüssigen, für die Information nicht notwendigen Elementen; Überladung mit Merkmalen.*[34]

Nun gut.

Doch nicht nur eine Zeile ist einem Patienten zugeordnet, das können auch mehrere Zeilen pro Patienten sein, nämlich zwischen 2 und 2^x Zeilen, je nachdem, wie viele Heilmittel ich dem einen Patienten in besagtem Jahr verordnet habe. Am besten orientiert man sich an der Spalte 5, dem Geburtsdatum, denn nach diesem sind die Patienten angeordnet, die älteste Patientin ab Zeile eins abwärts, der jüngste Patient steht ganz unten. Es kommt mir die glorreiche Idee, die Patienten nach Geburtsdatum mit unterschiedlich farbigen Textmarkern zu markieren. Hinter jede Geburtstagsfarbsäule schreibe ich dann den Namen des dazu passenden Patienten, den wir anhand dessen aus dem PC herausgesucht haben. Doch Halt! Einige unserer Patienten haben das gleiche Geburtsdatum, manchmal haben alle mit dem gleichen Geburtstag Heilmittel bekommen, manchmal nur der eine, manchmal nur der andere. Eine böse Falle, in die wir getappt sind. Doch da wir akribische Arbeiter sind, konnten wir nach Fehlersuche und –analyse auch dieses Problem lösen. So, farblich unterschiedlich markiert schaut das doch ganz übersichtlich aus.

Geschätzte Dauer bis zum Erreichen dieses Zustandes: Real viele Stunden, gefühlt Jahre! Und auch nach Erreichen dieses Zustandes geht das weiter und ich will das Weitere dem Leser ersparen, denn es ist staubtrocken und ermüdend.

Um 19:00 schicke ich meine Arzthelferin, die den ganzen Samstag dafür geopfert hat, endlich (ohne Widerrede) nach Hause. Was bin ich doch für ein Unmensch! Ich jedoch mache zwei Stunden Pause und dann weiter.

Wozu das alles?

Nun, ich soll schließlich anhand des Heilmittelkataloges sowie anhand des langfristigen Heilmittelbedarfs und des besonderen Heilmittelbedarfs und anhand meiner Arbeit, d.h. anhand meiner Dokumentation errechnen, darstellen und beweisen, dass ich vielleicht doch nur ausreichend (?), zweckmäßig (?), wirtschaftlich (?) verordnet habe und dabei das Maß des Notwendigen nicht (allzu weit) überschritten habe und damit einen Teil (einen kleinen Teil? Einen großen Teil?) der für meine Patienten ausgegebenen und nun von der Prüfungsstelle der Ärzte und Krankenkassen eingeforderten Kohle vielleicht doch nicht zurückzahlen muss.

Und irgendwann in der Nacht zum Sonntag, nachdem alles sortiert und geordnet ist, fange ich an zu rechnen und zu beweisen. Und ich rechne und beweise bis 4:00 in der Früh, schlafe dann drei Stunden auf einer Untersuchungsliege und mache um 7:00 weiter mit meiner Rechnerei. Einen *One-Nighter* nennt man das in einer anderen Szene.

Wie dem auch sei!

Um 12:00 habe ich schließlich versucht zu beweisen und eine Summe errechnet, die mir den Kopf aus der Schlinge zieht. So denke ich zumindest zu diesem Zeitpunkt. Doch dieser Zeitpunkt ist noch nicht das Ende...

P.S.: 216 DIN A-4 Blätter im Querformat aneinandergereiht ergeben eine Gesamtlänge von 64,8 Metern.

Zum Vergleich:
- Blauwal: 25 Meter
- *Diplodocus hallorum* (längster Dinosaurier): 33 Meter

Welt und Vorstellung

Es ist Montagabend. Wir schreiben das Jahr 2020.
Ich bin erschöpft aber schreibe dennoch in mein Buch.

Ich weiß nicht, wann ich das letzte Mal so niedergeschlagen war.
Ich zweifle wieder an mir. Das Leben ist nun einmal sehr hart
und ich weiß nicht, wie ich die Dinge angehen soll. Ich möchte
immer nur alles und jedem alles recht machen. Tue ich das,
untergrabe ich mein ICH, tue ich es nicht, mache ich trotzdem
alles verkehrt. Was wäre das für eine schöne Welt, in der ich nur
und wirklich nur für mich alleine verantwortlich wäre...

Irgendwie wird das Leben weitergehen.

Ich habe mir vor wenigen Tagen einen Baseballschläger gekauft.
Warum?
Nun, ich bin katholisch erzogen und aufgewachsen. Immer
wieder habe ich gehört: *Wenn dich einer auf die rechte Wange
schlägt, dann halte ihm auch die andere hin* (Mat. 5,39).
Ja, das göttliche Prinzip! Verträgt sich nur nicht so ganz mit dem
Zorn Gottes (Röm. 2,5; Offb. 14,19).
Widersprüche, wohin man schaut!
Das scheint nicht nur menschlich zu sein, das ist menschlich. Wie
dem auch sei. Nachdem ich aber als naiver, sensibler,
verweichlichter, ängstlicher und schwächlicher Mensch bislang
mein Leben lang gerne die andere Wange hingehalten habe, hab
ich darauf einfach keinen Bock mehr! *Die Würde des Menschen ist
unantastbar*[35] aber nicht nur die der anderen, nein auch meine
Würde. Da man der Würde aber mit der anderen Wange und mit
Argumenten häufig nicht begegnet, muss man diese
wahrscheinlich aus den Würdelosen herausprügeln oder
zumindest mit Prügel drohen. Deshalb der Baseballschläger. So
denke ich gegenwärtig. Schade, denn ich wäre gerne ein
buddhistischer Mensch.

Welt außerhalb der Vorstellung. Eine Analyse

Es ist Dienstagabend. Wir schreiben das Jahr 2020.
Ich schreibe in mein Buch.

Neulich ging ich im Wald spazieren. Allein natürlich, um in
Corona-Zeiten möglichst Kontakte zu vermeiden. Es war auch
noch sehr früh am Morgen und ansonsten keine Menschenseele
weit und breit, ich konnte regelrecht spüren, wie der Wald
atmete. Zustände wie im Paradies.
Da traf ich auf ein Wesen, das ich vorher noch nie gesehen hatte.
Es sah menschenähnlich aus, war aber kein Mensch. Ein
Außerirdischer, wie sich alsbald herausstellte. Ein Wesen mit
einer außerordentlichen Freundlichkeit und Herzlichkeit, mit
einer solchen positiven Energie, wie ich es noch nie zuvor erlebt
hatte. Es stellte sich heraus, dass es von einem Planeten namens
Vita stammte, aus der Andromedagalaxie. Ich sei der erste
Mensch, den es je getroffen habe. Obwohl die Verständigung
anfangs schwierig war, konnten wir doch bald auf einer
gemeinsamen Wellenlänge schwingen. Es sprühte vor positiver
Energie und es erzählte mir so viel über sich und seine Welt, über
Physik und Kosmologie. Die Allgemeine Relativitätstheorie und
die Quantenphysik seien dort schon im Bewusstsein sehr junger
Lebensformen verankert, es erzählte über Superstrings und das
Geheimnis schwarzer Löcher in einer Darstellung, die ich
irgendwie (nur wie?) nachvollziehen konnte und es berichtete
über Reisen durch Wurmlöcher und die Eigenschaft des
Beamens. Ich hörte wie gebannt zu. Und nachdem es seinen
spannenden Bericht zu einem vorläufigen Ende gebracht hatte,
fragte es mich, *was* ich denn sei. Erst hatte ich den Eindruck, mich
getäuscht zu haben, es wollte sicherlich wissen, *wer* ich sei, aber
die Resonanz auf seine Schwingungen war eindeutig:

- **Was** *bist Du?*
- *Nun, ich bin Arzt* sagte ich, *ein akademischer Affe Gottes.*
- *Was ist das?* fragte es.

74

- Nun, ein Arzt ist eine medizinisch ausgebildete und zur Ausübung der Heilkunde zugelassene Person. Der Arztberuf gilt der Vorbeugung (Prävention), Erkennung (Diagnose), Behandlung (Therapie) und Nachsorge von Krankheiten, Leiden oder gesundheitlichen Beeinträchtigungen und umfasst auch ausbildende Tätigkeiten. Ärzte und Ärztinnen stellen sich in den Dienst der Gesundheit *und sind bei ihrem Handeln moralischen und ethischen Grundsätzen verpflichtet.*[36]
- Ich verstehe, gab es zu erkennen.

Der Begriff akademisch war ihm übrigens in all seinen Schattierungen geläufig.

- Nur, was ist ein Affe? fragte es.
- Nun, Affen sind eine Klasse höherer Säugetiere aus der Ordnung der Primaten, die zum Teil eine traurige Entwicklung genommen haben, denn sie haben sich im Laufe der Evolution zu uns Menschen weiterentwickelt mit dem Ergebnis, dass diese weiterentwickelten Affen alle bisherigen Klassen und Ordnungen unterdrücken, sogar sich selbst. Daher auch der Begriff sich zum Affen machen *für einen lächerlichen Menschen, den man nicht ernst nehmen kann.*
- Oh! verstand ich als Reaktion nur.
- Und was ist Gott? wollte es wissen.
- Nun, antwortete ich, *Gott ist ein übernatürliches Wesen, das über eine große und nicht naturwissenschaftlich beschreibbare trans-zendente Macht verfügt.*[37] *Gott ist Singular und Plural gleichzeitig. Gott ist Alles! Für einen Arzt ist Gott alles, was ihn in seiner ihm bestimmten Aufgabe zur Ausübung der Heilkunde hemmt, einschränkt und beschneidet. Für einen Arzt gibt es viele, viele Synonyme für Gott: Gesetze, Behörden, System und so vieles mehr. Es gab schon Menschen unter den Menschen, die Gott als tot bezeichnet haben und dass wir Menschen ihn getötet hätten. Aber das ist ein Irrtum! Gott lebt! Gott ist eine Macht über uns, der wir auf irgendeiner Ebene unseres Daseins immer wieder begegnen. Gott ist für uns eine Droge, die wir benötigen, um unser im Grunde so freudloses Dasein zu bewältigen.*
- Oh! hörte ich nur, *ihr Menschen lebt aber in einer traurigen Welt...*

Und es erzählte mir wieder aus seiner Welt vom Planeten Vita und dem Leben in der mehrdimensionalen Raumzeit und der Regulation von Missständen (vielleicht etwas, was man als krank, krankhaft, Krankheit bezeichnen könnte) durch Ausgleich von Materie und Antimaterie. Höflich und herzlich verabschiedete es sich wieder von mir, nachdem es erkannt hatte, dass meine Energie ausgegangen war und ich ihm nicht mehr folgen konnte.

Welt außerhalb der Vorstellung. Eine Impression

Es ist Mittwochnachmittag. Wir schreiben das Jahr 2020.
Ich schreibe an meinem Buch.

Betriebsoptimierer

Ich könnte ja pausenlos weiter über meinen Regress schreiben, aber ich tue es nicht.
Es gibt noch andere Dinge, die in einer Hausarztpraxis passieren und mit denen ich mich auseinandersetzen und versuchen muss, mich nicht darüber aufzuregen. Wer alles in einer Hausarztpraxis Ein- und Ausgang findet, darüber können sich die Wenigsten ein Bild machen, das gehört in eine Welt außerhalb deren Vorstellung. Es gibt nicht nur Patienten und Angehörige, Tapfere und Feiglinge, Helden, Heulsusen und Jammerlappen, Überhebliche und Zurückhaltende und und und. Normal sind die Allerwenigsten. Ist das normal? Bin ich normal? Nein, gewiss nicht. Die Welt ist alles andere als normal und ich als ein Teil dieser Welt eben auch nicht.
Die Schlimmsten von allen sind die Schnorrer und Handaufhalter. Vertreter, Verkäufer, Versicherer. Die Allerschlimmsten sind die, die sich so superwichtig fühlen und mir ihr so unnötiges und unbrauchbares Produkt als das

weltbeste und am besten noch die gesamte Konkurrenz überragende anpreisen, was übrigens die Konkurrenz an diesem Tag auch schon hier versucht hat. Wichtigtuer! Tolle Typen, arme Würstchen denke ich mir. Verkaufen, Strategie, Verkaufsstrategie. Wie toll unser Produkt, wie wirksam unsere Medizin im Vergleich zu der der anderen ist, wie eindrucksvoll das die (mitgebrachte) Statistik belegt. Toll, was ein Gesülze. Immer die gleiche Strategie dieser Typen: Am Telefon oder am Empfang meine Arzthelferinnen so lange zu bearbeiten, zu belabern, zu löchern... Man muss nur lange genug auf den Kopf des anderen einschlagen, um Kopfschmerzen zu erzeugen. Also dann erscheinen diese Figuren dann doch irgendwann vor mir und starten zunächst mit der Kunst des Einschmeichelns.

Kurze Zwischenfrage: Wenn sich ein Mensch wie ich außerhalb seiner Arbeit am und für und um den Patienten gedanklich fast nur noch mit seinem Regress beschäftigt, hat er dann Bock auf Vertreter und Werbeverkaufsveranstalter?

Ja ☐   Nein ☐

Im Übrigen zeigt sich, dass eben doch alles mit allem zusammenhängt. Was mir diese Leute so anpreisen, was ich unbedingt meinen Patienten so aufschreiben soll, soll und darf ich in den meisten Fällen doch gar nicht verordnen. Zu teuer sagt die KV, zu unwirtschaftlich der GBA. Das nur nebenbei.

Ach, was wäre die Welt,
wäre nicht das liebe Geld?

Mit einer kurzen Geschichte möchte ich diese Impression fertig malen.
Eines Tages war mein letzter Kunde in der Vormittagssprechstunde kein Patient, sondern ein Vertreter. Einer, der es nach der oben geschilderten Art und Weise geschafft hatte, zu mir

vorzudringen und mir, wie üblich, seine Visitenkarte entgegen
schob.
Er: *Ob ich denn schon einmal gehört hätte...?*
Ich: *Nein!*
Er: *Ob ich denn wisse...?*
Ich: *Nein, nicht so wirklich...*
Er: *Nun, wir... erzähl, erzähl...* (ich habe den Inhalt leider
vergessen...) *... wir... Unterstützung... wir... Betriebsoptimierung...*

Ich: *Halt! Hiermit ziehe ich Ihnen nun den argumentativen Stecker!
No interest! Sie sind zwar ein sympathischer Mensch, aber ich habe
keine Verwendung für das, was Sie mir anbieten! Ich habe die
weltbeste Praxis, das weltbeste Personal und die weltbeste
Strategie! Was wollen Sie optimieren? Wenn* **Sie** *sich verbessern
wollen, legen Sie mir 50.000€ auf den Tisch und Sie dürfen gerne hier
hospitieren und lernen, wie man optimiert!*

Damit war der Käse gegessen.
Manchmal muss man nur selbst zum richtigen Zeitpunkt die
richtigen Fragen stellen.
Was wollen Sie optimieren? Schade, warum ist mir so etwas nicht
schon früher eingefallen?

Und weil es so schön ist, noch eine Geschichte. Ich bin vielleicht
kein guter Geschichtenerzähler aber ein guter Geschichten-
erfinder. Aber diese ist zu wahr, um schön zu sein, man kann sie
gar nicht erfinden. Just am Tag nach dem Betriebsoptimierer kam
schon nach dem Ende der Vormittagssprechstunde noch ein mir
bislang nicht bekannter Mensch in die Praxis, wir hatten leider
nicht rechtzeitig die Eingangstür abgeschlossen. Wichtigtuer. Er
wollte Cannabis auf Kassenrezept. Sein Hausarzt schreibe ihm
das immer auf, aber der sei heute nicht da und der angestellte
Arzt seines Hausarztes, nun ja, mit dem könne er nichts
anfangen...
Cannabis? Warum und wofür? fragte ich.

78

Er habe einfach keinen Bock, sich das Zeug illegal zu besorgen und zu kaufen und er scheiße auf die Gesetze hier!

Kurze Pause.

Noch zwei Tage zuvor hätte mich eine solche Dreistigkeit komplett umgehauen. Aber innerhalb eines Tages hatte ich gewaltig dazugelernt. Die ganz wichtigen Menschen muss man einfach immer am Schniedelwutz der Ehre des Geldes anpacken. Feste zupacken und feste ziehen. Das führt in der Regel zu einer erstaunlichen Kontraerektion. Der Anspruch des Wichtigen schnurrt dann auf ein Mindestmaß zusammen, meist weit darunter hinaus.
50.000€ bar auf die Hand! sagte ich. Dann würde ich mit mir reden lassen.

Ich habe nie mehr etwas von ihm gehört...

Reise durch Absurdistan. Aphorismus I

Wer heilt hat Recht!
Wer spart – macht`s recht!

Im Gesundheitswesen interessiert die einen nur das eine, die anderen nur das andere. Nur manchmal interessiert die anderen auch das eine, nämlich dann, wenn sie selbst von dem einen betroffen sind. Dann interessiert sie das andere auf einmal gar nicht mehr so sehr. Oder sie reden nur vom anderen, weil sie das eine sowieso bekommen, wenn sie es brauchen.

Reise durch Absurdistan. Eine weitere Etappe

Es ist Mittwochabend. Wir schreiben das Jahr 2020.
Ich schreibe an meinem Buch.

Regress ohne Ende. Corona ohne Ende.
Ich frage mich natürlich selbst, ob ich nicht schon genug dazu gesagt habe, ob es nicht mal gut ist. Aber der Mensch ist nun einmal ein selbstreflexives Wesen. Ohne sich ständig zu hinterfragen und sich dabei ständig zu wiederholen, verliert der Mensch seinen Daseinsinhalt. Wer sind wir, was sind wir, woher kommen wir und wo gehen wir hin? Damit beschäftigt sich auch die philosophische Anthropologie. Max Scheler[38] schreibt dazu:

Wir sind in der ungefähr zehntausendjährigen Geschichte das erste Zeitalter, in dem sich der Mensch völlig und restlos problematisch geworden ist: in dem er nicht mehr weiß, was er ist, zugleich aber auch weiß, dass er es nicht weiß.

Jeder Mensch ist ein selbstreflexives Wesen. Was aber nicht bedeutet, dass sich alle Menschen damit beschäftigen. Die wenigsten tun es. So feiern die Menschen in Zeiten von Corona Grillpartys an überfüllten Badeseen und lassen dankenswerterweise ihren Müll zurück und der nächste, der kommt, ärgert sich darüber, schimpft *Igitt, wie sieht das denn hier aus! Wo kommt das her?* und fährt zum nächsten Badesee, wenn er denn dort noch ein freies Plätzchen findet, und lässt dort dann seinen Müll zurück.
Der Mensch, ein selbstreflexives Wesen.

Manchmal, wenn ich die Schnauze voll habe, wenn ich mir die Welt so anschaue, wenn ich die Menschen und ihr Verhalten beobachte, bin ich ganz nihilistisch und denke mir nur: *Lasst doch Corona Corona sein! Wer sich schützen möge, der schütze sich davor, wer sich nicht schützen möge, schütze sich eben nicht!*
Der Mensch, ein selbstreflexives Wesen.

Hebt die Corona-Maßnahmen wieder auf und lasst der Welt ihren Lauf!

Das Problem: die Wahrscheinlichkeit!

Wer sich schützt, hat ein deutlich geringeres Risiko, zu erkranken, wer sich nicht schützt, ein umso höheres Risiko. Nur, wer sich nicht schützt, weil er denkt oder nicht denkt, es nicht zu müssen, will trotzdem behandelt werden, wenn er an Corona erkrankt.
Der Mensch, ein selbstreflexives Wesen.

Ruft in Panik an und rennt trotzdem zum Arzt, wenn er Symptome hat, rennt trotzdem ins Krankenhaus, wenn er schwer erkrankt und wird trotzdem intensivstationär beatmet, wenn ihm aufgrund der Krankheit die Luft ausgeht. Solidarprinzip nennt man das.
Der Mensch ein selbstreflexives Wesen. Eine unlogische Konsequenz.

Corona und mein Regress sind nun einmal meine *Aufregerthemen* des Jahres 2020, um beim Wortlaut von Herrn Bettermann, Geschäftsführer von OBO Bettermann zu bleiben, den ich bereits zitierte. Und damit schalte ich um zu meinem zweiten *Aufregerthema.*

Kriege und Schlachten werden am Schreibtisch konzipiert aber die Kämpfe an der Front ausgefochten. Ego, Ruhm und Ehre sowie Champagner fließen in angenehmer Atmosphäre in geheizten und klimatisierten Räumen und Sälen, Blut dagegen fließt im eisigen Kanonenfeuer und Donnerhagel auf dem Schlachtfeld.

Hatte heute nach der Vormittagssprechstunde noch zwei Hausbesuche zu absolvieren, von denen ich ja angeblich zu viele mache. Ich möchte den Leser mit Details verschonen, zum einen unterliege ich der Schweigepflicht, zum anderen will wohl auch

keiner die psychologischen, sozialen und ästhetischen Aspekte
dazu wissen.

Die Hoffnung stirbt zuletzt, denke ich so manches Mal.

Und in der Tat unterliegt so mancher (und das sind viele davon)
Hausbesuch der Devise: Die Hoffnung stirbt zuletzt.

Doch was tun, wenn die Hoffnung schon gestorben ist, wenn sie
schon begraben ist? Oft sehe ich mich nur als
Begräbnisverwalter. Dennoch: das Unmögliche möglich machen
oder zumindest so tun als ob. Tote und Totgefahrenes wieder
zum Leben erwecken. Der Patient Lazarus, der Arzt Messias. Im
Sozialgesetzbuch V (SGB V) und auch in den übrigen steht nichts
zum Thema Hoffnung und auch erst recht nichts dazu, was zu
tun ist, wenn sie stirbt. Man erfährt nichts darüber, ob die
Hoffnung *ausreichend, zweckmäßig und wirtschaftlich* ist und ob
man beim Spenden von Hoffnung *das Maß des Notwendigen nicht
überschreiten* sollte. Der Arzt bleibt dabei so unwissend und
einsam wie sein Patient. Nur sein Über- ICH, bestehend aus
Gesetzen, Vorschriften und Regularien, geboren an
Schreibtischen und ausgefochten in hitzigen Debatten in
entspannt-unentspannter Atmosphäre unter Fließen von viel
Ego und zum Abschluss Champagner, überschattet ihn ständig.
Wie beseitigt der Mensch ein Übermaß an Bürokratie? – Durch
Schaffen von noch mehr Bürokratie.

Der Mensch, ein selbstreflexives Wesen.

Eine unlogische Konsequenz.

Reise durch Absurdistan. Eine Etappe

Es ist Freitagnachmittag im Jahr 2020. Eine Arbeitswoche ist zu Ende. Fast. Denn es folgt der Samstag, an dem ich mich wieder mit der Arbeit an meinem Regress beschäftigen muss.
Ich schreibe jetzt an meinem Buch.

Regress ohne Ende, Richtgröße ohne Ende.
Ich schlafe schlecht.
Und wieder träumt der Schulleiter.

Er träumt vom Land Absurdistan. Dort werden die Schüler in den Pausen und in der Mittagspause mittels Schulspeisung versorgt. Eine Familie zieht neu in dieses Land und meldet seine Tochter in einer Schule an. Beim Aufnahmegespräch klärt der Schulleiter die Eltern des Kindes auch über die Schulspeisung auf. Voraussetzungen sei allerdings, dass die Eltern dem Mädchen das Essensgeschirr mitgeben müssen. Es soll eine weiße Tasse und ein weißer Teller sein. Das Kind müsse das dem Küchenpersonal an der Essensausgabe auf einem Tablett servieren, dann sei das kein Problem. Die Eltern zeigen sich natürlich einverstanden. Und so reiht sich das Mädchen am ersten Schultag mit seinen Mitschülern in der ersten großen Pause in der Kantine in der Schlange zur Essensausgabe ein. Als es an der Reihe ist, wird ihm allerdings die Ausgabe verweigert. Das sei so nicht in Ordnung, teilt ihm die Dame an der Ausgabe mit. Das Mädchen ist vollkommen verwirrt und muss hungrig in die nachfolgenden Unterrichtsstunden gehen. Trotzdem versucht sie es in der Mittagspause erneut und wird erneut abgewiesen. Das sei so nicht in Ordnung, teilt ihm eine andere Dame mit. Das Kind berichtet dies am Abend zu Hause den Eltern und weint bitterlich. Die Eltern können sich allerdings keinen Reim darauf machen. Aber an den nächsten Tagen erfolgt immer wieder das gleiche Szenario. Die Eltern glauben, dies sei wohl ein großes Missverständnis. Daraufhin nimmt sich die Mutter am nächsten Tag frei und begleitet ihr Kind in der Pause in die Kantine. Aber auch jetzt wird die Essensausgabe verweigert mit der Mitteilung, das sei so nicht in Ordnung! Genauere Angaben könne die Dame nicht machen. Auch die

Mutter ist verwirrt und muss ihr verzweifeltes Kind trösten. Es klingelt und die Schüler müssen wieder in ihre Klassen, auch das hungrige Mädchen. Was stimmt nicht? fragt sich die Mutter. Sie gibt nicht auf und begleitet ihre Tochter in der Mittagspause erneut in die Kantine. Bei genauerem Hinsehen fällt ihr nun auf, dass auf jedem Becher und jedem Teller bei den Jungs ein kleiner blauer und bei den Mädchen ein kleiner roter Punkt klebt. Diese bekommen auch alle an der Ausgabe etwas zu essen und zu trinken. Die Mutter begibt sich daraufhin am Nachmittag in ein Schreibwarengeschäft und kauft wasserfeste kleine rote Klebepunkte und beklebt am Abend das Geschirr ihrer Tochter mit jeweils einem kleinen roten Punkt. Am nächsten Tag bekommt das Mädchen mit dem nun präparierten Geschirr dann auch ohne Probleme in der Kantine etwas ausgehändigt.

Und der Schulleiter erwacht erleichtert aus seinem Traum.

Reise durch Absurdistan. Weiter geht's

Es ist Samstagmorgen. Wir schreiben das Jahr 2020.
Ich schreibe an meinem Buch.

Endlich mal etwas Zeit, Zeitung zu lesen, obwohl es auch diesmal ein uninspiriertes Blättern und Überfliegen der Überschriften ist. Doch halt, bleibe schon auf der Titelseite am Zitat hängen: *Wer sich einen Urlaub im Risikogebiet leistet, muss auch den Corona-Test selbst bezahlen.* Das sagt Frank Ulrich Montgomery, Vorsitzender des Weltärztebundes. Im Artikel neben dem Zitat heißt es dagegen, dass sich alle Urlaubs- und Geschäftsreisenden nach ihrer Rückkehr in Deutschland kostenlos auf das Corona-Virus testen lassen können. Das soll an Flughäfen und Seehäfen geschehen aber auch in ihren Heimatorten. Einen entsprechenden Beschluss fassten die Gesundheitsminister von Bund und Ländern bei einer Schaltkonferenz.

Kostenlose Corona-Tests? Und auch noch am Heimatort? Für Spaß- und Geschäftsreisende?

Dort, wo das Geld ist, will es sich die Politik nicht holen. Warum sollte ich in meiner Praxis einen Urlaubsreisenden, der sich am Ballermann vergnügt hat, kostenlos auf Kosten der Allgemeinheit einen Corona-Test anbieten? Warum sollte ich einem Handlungsreisenden, dessen Firma Millionenbeträge für unnötige Werbematerialien ausgibt, kostenlos auf Kosten der Steuerzahler auf Corona testen?

Ich rechne mal wieder. Ein Corona-Test kostet gegenwärtig in unserem Bezugslabor ca. 65€. Das sind an Heilmitteln ca. 3 Einheiten Physiotherapie. Wenn das Gesundheitssystem ab jetzt kostenlos Corona-Tests für Spaß- und Handlungsreisende ausgeben will, dann...

Wenn der Staat Geld ausgibt, dann holt er sich das auf anderer Ebene mit Sicherheit wieder. Garantiert. Und wer leidet am Ende wieder darunter?

Natürlich, die Tischdecke.

Mehr Geld für Corona-Tests für die Spaßgesellschaft heißt am Ende natürlich weniger Geld für andere Gesundheitsmittel wie z.B. Heilmittel. So ist das. Ich halte ja selten etwas davon, wenn sich große, erhabene Tiere zu Wort melden. Aber diesmal doch. Danke Herr Montgomery! Endlich sagt mal einer die Wahrheit.

Reise durch Absurdistan. Eine weitere Etappe

Es ist Sonntagnachmittag. Wir schreiben das Jahr 2020.
Ich schreibe an meinem Buch.

Regress ohne Ende.
Nachdem ich mich mit meinem Heilmittelregress auseinander-
gesetzt habe, kommt schon der nächste. Meine Verordnung von
Sprechstundenbedarfsmitteln ist natürlich auch in höchstem
Maße regresswürdig. Ein Regress ist kein Regress; es müssen
mindestens zwei davon sein.
Ich möchte das auch nicht wieder in epischer Breite darlegen.
Das ermüdet und ist langweilig. Wen es interessiert, der lese
einfach den nächsten, in schönster Schreibschrift verfassten Text.
Einiges darin wurde schon einmal gesagt und wiederholt sich.
So ist das nun einmal mit der Bürokratie. Wer darauf keinen
Bock mehr hat, übergehe einfach diesen Text und schreite weiter.
Da wird es auch wieder lustiger.

An die Prüfungseinrichtungen
Der Ärzte und Krankenkassen

Sehr geehrte Damen und Herren!

Anbei meine Stellungnahme zum genannten Sachverhalt.

Ich bin seit 2005 Facharzt für Chirurgie, seit 2014 Facharzt für
Allgemeinmedizin und verfüge über die Zusatzbezeichnungen
Notfallmedizin, Akupunktur, Manuelle Medizin, Sportmedizin und
Tauchmedizin (GTÜM). Ich bin seit 2016 in eigener Praxis allein
hausärztlich niedergelassen, meine chirurgischen Fertigkeiten werden
allerdings von behördlicher Seite nicht berücksichtigt.
Wir sind hier eine typische Landarztpraxis, obwohl wir von der
Einrichtung, von EDV-Seite und vom hygienischen Standard den
gegenwärtig aktuell höchsten Qualitätsstandards entsprechen.

Als Landarzt behandle ich auf dem Land Patienten aller Altersklassen, von der Geburt bis zum Tod.

Zudem behandle ich Patienten der gesamten biopsychosozialen Verteilungsstruktur, wie man sie gegenwärtig in Deutschland vorfindet. Hierzu gehören z.B. kranke Säuglinge und Kleinkinder von Emigranten ebenso dazu wie der Landwirt vom nächsten Hof, Bewohner einer Demenzwohngruppe im nächsten Ort, verletzte Sportler, ich bin die erste und häufig auch die letzte und einzig valide Anlaufstelle für Menschen mit psychischen Erkrankungen, ich behandle Patienten mit Angstproblemen ebenso wie ich Patienten mit Abszessen behandle, sofern mir das hier möglich ist.

Ich behandle Menschen mit Schmerzen, Schmerzen, Schmerzen, die häufig eine jahrelange Schmerzpatientenkarriere hinter sich haben und versuche ihnen trotzdem irgendwie zu helfen und nach Lösungen zu suchen.

Ich behandle Patienten mit Schmerzen, Schmerzen, Schmerzen jeden Tag.

Ich behandle Patienten, die schon ein ganzes langes Wochenende und ohne Erfolg Schmerztabletten in allen möglichen Dosen- und Überdosen geschluckt haben. Ich versuche Menschen mit Schmerzen unbürokratisch und schnell zu helfen. Ich habe mich in meiner zwanzigjährigen Karriere als Arzt, in meinen vielen Jahren als Chirurg, als Chirurg in nachts und am Wochenende überfüllten Ambulanzen, in meiner allgemeinmedizinischen Weiterbildung, in meiner Weiterbildung und meiner bisherigen Anwendung in der Notfallmedizin, der Manuellen Medizin, der Sportmedizin und auch meiner Ausbildung in der Akupunktur, wobei ich auch einen 80-stündigen Kurs in spezieller Schmerztherapie absolviert habe, wobei ich immer noch mindestens viermal im Jahr einen Schmerzzirkel zur Weiterbildung besuchen muss, viel mit dem Thema Schmerz und Schmerzbehandlung auseinandergesetzt.

Ich behandle Patienten mit Schmerzen, Schmerzen, Schmerzen jeden Tag.

Ich behandle Menschen mit körperlichen Schmerzen und seelischen Schmerzen und häufig auch beidem zusammen. Der Schmerz ist eine Erinnerung hohen Ranges, so der Dichter Novalis. Der Schmerz ist wahrscheinlich auch die geheimnisvollste aller Krankheiten, ist das mysteriöseste Symptom und Syndrom in der Medizin. Molekularbiologisch und physiologisch wissen wir viel über den Schmerz, wissen allerdings kaum, wie wir ihn lösen können. Bei aller Liebe zur Wissenschaft, meine tagtägliche Arbeit zeigt mir einfach, dass das so ist.

Ich weiß, das ist alles nicht so wirklich interessant. Was interessiert, sind Zahlen, Daten und Fakten.

I) Also:

Warum verbrauche ich so viel Diclofenac oder so viel Dexamethason? Zur Erklärung vielleicht ein kurzer Behandlungsalgorithmus:

Patient kommt z.B. mit Rückenschmerzen, Dauer ca. 5 Tage, Vorbehandlung mit allem Möglichen (Wärmekissen, warmes Bad, NSAR-Tabletten bis zum Anschlag, manche Faszienrolle, manche Bettruhe, usw.). Der Patient hat bei der Untersuchung offensichtlich keine red flags. Trotzdem kann man ihn bei der Untersuchung kaum bewegen. Was also tun???

Pardon, aber die weitere biopsychosoziale Schmerzevaluation bringt weder Arzt noch Patient weiter. Also folgende, sehr gut wirksame Strategie:

1. *Nach Risikoabklärung und Aufklärung Dexamethason oder Diclofenac intramuskulär verabreichen.*
2. *Aufklären über das weitere Verhalten an diesem Tag*
3. *Patienten für den nächsten Tag wieder einbestellen, dafür braucht er*
4. *Eine Krankmeldung*

Am nächsten Tag geht es 60% der Patienten deutlich besser, 20% der Patienten etwas besser, ca. 20% der Patienten unverändert. 8 von 10 Patienten kann man aber an diesem Tag untersuchen, man kann sie manualtherapeutisch oder mit Akupunktur (hier trage ich die Kosten in den meisten Fällen selbst) behandeln. Schmerzen sind ein multikausales Geschehen und bedürfen ein multistrukturiertes, jedoch immer wieder individuelles therapeutisches Vorgehen. Jeder Mensch ist anders!

- Der eine braucht vielleicht noch einmal, nach Evaluation der Risiken und Nebenwirkungen im entsprechenden Falle, noch einmal eine Dosis Dexamethason oder Diclofenac, sei es für den Kopf, sei für den Körper oder sei es für den Status. Wer heilt hat Recht (solange er nicht schadet).
- Ein anderer braucht vielleicht den chiropraktischen Knack, den er von anderen Therapeuten kennt, sei es für den Kopf, sei für den Körper oder sei es für den Status. Wer heilt hat Recht (solange er nicht schadet).
- Ein wiederum anderer braucht vielleicht Akupunktur, sei es, weil sie hilft, sei es für den Körper oder sei es für den Status. Wer heilt hat Recht (solange er nicht schadet).
- Ein wiederum anderer braucht vielleicht wirklich Massagen oder Krankengymnastik (was dem Budget des Arztes schadet), sei es, weil sie hilft, sei es für den Körper oder sei es für den Status. Wer heilt hat Recht (solange er nicht schadet).
- Ein wiederum anderer braucht vielleicht einen Tritt in den Hintern, den ich aber nicht geben darf; er könnte schaden...
- Ein wiederum anderer...

Noch einmal kurz zur Verordnung von Dexamethason oder Diclofenac:
1. Meine Methode, Rezept auf Sprechstundenbedarf.
Mit einer 10er Packung Diclofenac-Ampullen kann ich im Durchschnitt 5-7 Patienten pro Quartal behandeln. Das sind bei ca. 12€ pro Packung ca. 2,40€ pro Patienten an Kosten.
Vorteil: Die Packungen werden aufgebraucht, dann neue bestellt.
2. Die Methode: Rezept auf den Patienten
Ich schreibe 5 Patienten jeweils eine 10er Packung Diclofenac-Ampullen auf. Das sind Gesamtkosten von 60€. Davon brauche ich pro Patienten vielleicht 2 Ampullen. Das ist ein Verbrauch von 12€.
Nachteil: Im ungünstigsten Falle, da das ein stochastisches und kein deterministisches Problem ist, kommt keiner der Patienten wieder, oder er kommt wieder und bringt seine Ampullen nicht mit... und zu guter Letzt: die Ampullen verfallen. Unnötige Kosten: 48€!
3. Die Methode: Abwarten, Patient beruhigen, erst mal nichts machen
Vorteil: Sozioökonomisch günstigste Variante, erfüllt 2 von 4 Punkten aus dem Sozialgesetzbuch (SGB) V (wirtschaftlich, unterschreitet das Maß des Notwendigen).

Nachteil: Unzufriedener Patient mit längerer Krankheitsdauer und -Karriere, sozioökonomisch fragwürdig (längere Arbeitsausfallzeit), erfüllt 2 von 4 Punkten aus dem Sozialgesetzbuch (SGB) V (ausreichend und zweckmäßig) nicht.

II.) Also:

Wofür brauche ich so viele lokale Betäubungsmittel? Wofür brauche ich so viele Verbandsstoffe?

Nun, ich mache pro Jahr ca. 200 – 250 kleine chirurgische Eingriffe in der Praxis. Ich bin ja nicht nur Pimpelarzt sondern auch noch ein Stück weit Chirurg geblieben. Da ich aber nicht als Chirurg, sondern als Hausarzt niedergelassen bin, darf ich nur die EBM-Ziffer 02301 (=14,61€) und maximal die Ziffer 02302 (=25,27€) für meine Eingriffe abrechnen.

Wie teuer sind denn die anderen? Ich recherchiere und ziehe den EBM (=Einheitlicher Bewertungsmaßstab) zu Rate. Zum Glück findet man im Internet alles.

Der einheitliche Bewertungsmaßstab (EBM) ist das Vergütungssystem der vertragsärztlichen bzw. vertragspsychotherapeutischen Ver-sorgung in Deutschland. Es ist ein sozialversicherungsrechtliches Verzeichnis im deutschen Gesundheitswesen, nach dem ambulante und belegärztliche Leistungen in der gesetzlichen Krankenversicherung abgerechnet werden.

Schaun mer mal!

Auf der Website der Kassenärztlichen Bundesvereinigung (KBV) findet man den Arztgruppen-EBM in der Fassung vom 1. Juli 2020 unter Berücksichtigung der aktuellen Beschlüsse bis einschließlich der 508. Sitzung des Bewertungsausschusses, der 66. Sitzung des erweiterten Bewertungsausschusses sowie der 53. Sitzung des ergänzten Bewertungsausschusses.

Für jede Arztgruppe gibt es einen EBM. Das beginnt mit A wie Anästhesisten und endet mit U wie Urologie. Insgesamt 26 EBMs.

Mich interessieren natürlich am ehesten die Chirurgen, meine alten Kumpel. Ich schlage einmal nach. Ich operiere z.B. gelegentlich in meiner Praxis eine Analvenenthrombose. Jeder Mensch, der so etwas

90

schon einmal hatte, weiß, wie unangenehm und schmerzhaft das sein kann. Also, ein niedergelassener Chirurg darf für den gleichen Eingriff mindestens die EBM-Ziffer 36171 (=proktologischer Eingriff der Kategorie H1) abrechnen, das sind 67,57€ plus die Ziffer 36178, das sind 53,07€ (Zuschlag, wenn obligater Leistungsinhalt Schnitt-Naht-Zeit je weitere vollendete 15 Minuten Nachweis der Schnitt- Naht-Zeit über das Anästhesieprotokoll oder den OP-Bericht, je weitere vollendete 15 Minuten Schnitt-Naht-Zeit.

Die Gebührenordnungsposition 36178 kann entsprechend Anhang 2, Präambel 2.1, Nr. 14 als Zuschlag zu anderen belegärztlichen Operationen des Abschnitts 36.2 abgerechnet werden).

Weil mir die Kreativität hierfür fehlt, habe ich das wortwörtlich aus dem EBM abgeschrieben...

Ich rechne: 67,57€ + ggf. 53,07€ = 120,64€! Mein Gott, was bin ich mit meinen 25,27€ doch teuer, denke ich mir.

Noch ein Beispiel.
So darf ein niedergelassener Chirurg einen Eingriff an der Haut mit mindestens 50,54€ abrechnen (EBM-Ziffer 36101, Kategorie A1) plus die Ziffer 36108 mit 34,39€. (Zuschlag, wenn obligater Leistungsinhalt Schnitt-Naht-Zeit je weitere vollendete 15 Minuten, Nachweis der Schnitt-Naht-Zeit über das Anästhesieprotokoll oder den OP-Bericht, je weitere vollendete 15 Minuten Schnitt-Naht-Zeit.

Die Gebührenordnungsposition 36108 kann entsprechend Anhang 2, Präambel 2.1, Nr. 14 als Zuschlag zu anderen belegärztlichen Operationen des Abschnitts 36.2 abgerechnet werden).

Ich rechne wieder: 50,54€ + ggf. 34,39€ = 84,93€!
Auch hier komme ich die Kassen und den Steuerzahler mit meinen 25,27€ wieder einmal teuer zu stehen.

Ich höre auf zu suchen. Ich höre auf zu rechnen. Ich höre auf zu vergleichen. Ich habe jetzt einfach keinen Bock mehr.

Übrigens: Der EBM für Chirurgen umfasst 1419 Seiten; der für Anästhesisten 1346 Seiten, der für Augenärzte 1383 Seiten, der für...
Ich kalkuliere jetzt einfach mal vorsichtig mit 1200 Seiten pro Fachgruppen- EBM. Bei 26 Fachgruppen sind das mindestens 31.200 Seiten. Das übertrifft die Gesamtseitenzahl des Gesamtwerks von Thomas Mann, das sind immerhin 60 Jahre schriftstellerische Tätigkeit, bei weitem...
Hatte übrigens vor meinem Telefonat mit der KV noch einen Hausbesuch gemacht, von denen ich ja überdurchschnittlich viele mache. Eine 90-jährige alleinstehende Dame mit Schwindel. Habe ihr etwas aus meinem Arztkoffer gegen den Schwindel als Spritze verabreicht, was ich zuvor meiner Praxisschublade entnommen hatte und was zum Sprechstundenbedarf zählt. Wollte die alte Dame, die schlecht zu Fuß ist, dafür nicht mit einem Rezept in die Apotheke schicken. Verabschiedete mich von der alten Dame, sei in Eile, hätte gleich noch ein Telefonat mit der KV, weil ich zu teuer für das System sei. Ich mache u. a. zu viele Hausbesuche. Ich müsse damit mehr sparen, Herr Spahn brauche das Geld, um damit die Kosten für die kostenlosen Corona- Tests für Reiserückkehrer zu finanzieren fügte ich etwas schelmisch hinzu. Ob die geistig vollkommen klare alte Dame das verstanden hat, weiß ich nicht...

Ich möchte gar nicht zu sehr in die Belletristik abschweifen, deswegen gerne ein paar harte Fakten:

- *- Beziehe Infusionsbestecke lege artis aus dem SSB*
- *- Akupunktur (GOP 30790 - 30791) (z. B. GOP 30791, Quartal 2018-2, meine Praxis 5,08 %; die Fachgruppe 0,3 %*

- *- Den genauen Verbrauch an Verbandmitteln kann man nicht in jedem Fall einer Abrechnungsziffer zuordnen und somit sofort erkennen. Die Versorgung einer Wunde bedarf einer kontrollierten und stadiengerechten Behandlung.*
- *- Kleine operative Eingriffe, primäre Wundversorgung – Nahtmaterial – (z. B. GOP 02300 – 02301) (z. B. GOP 02300, Quartal 2018-2, meine Praxis 7,43 %; die Fachgruppe 1,1 %)*

92

- - *Postoperative Versorgung (intensive Nachsorge in der Praxis – durch immer kürzer werdende Krankenhausverweilzeiten erforderlich – Mehrbedarf an Verbandmitteln!*
- - *Vermehrt junge Patienten (siehe Anhang Geschlechterverteilung und Altersstruktur) – z. B. Sportverletzungen – u. a. Behandlung mit Cast Schienen.*

Ich möchte noch tiefer in die Fakten greifen und im Anhang noch beispielhaft einigen Verbrauch für das Jahr 2018 anhand von Patientenbeispielen auflisten:

1) Diclofenac: Schmerzbehandlung, i.d.R. Bewegungsapparat

2) Dexamethason: unterstützend zur Schmerzbehandlung

3) Scandicain: Lokalanästhetikum, Betäubung und Quaddeln

4) Triamcinolon: Schmerzbehandlung, i.d.R. intraartikulär

5) Lavanid: Wundbehandlung

6) Behandlung von Patienten mit Diagnosen aus dem Kapitel XIX ICD-10 S00-T98 (Verletzungen, Vergiftungen und bestimmte andere Folgen äußerer Ursachen)

7) Operative Behandlung von Patienten am Beispiel der Diagnose L60 (Unguis incarnatus) aus dem Kapitel XII ICD-10 L00-L99 (Krankheiten der Haut und der Unterhaut).

Ich hoffe sehr, dass meine Darstellung umfassend genug und nachvollziehbar ist, ich weiß, dass sie nicht allumfassend ist, wäre dies gewünscht, könnte ich mich der Allumfassbarkeit auch nur asymptotisch annähern. Ich versichere jedoch, keine Tatsachen hinzugefügt, aber auch keine weggelassen zu haben. Die Evaluation des Umfangs der Arbeit und der Arbeitsinhalte einer Landarztpraxis stelle ich mir für einen Außenstehenden durchaus schwierig vor. Da ich jedoch immer und jederzeit bestrebt bin, mich und meine Arbeit auf allen Ebenen zu verbessern, lade ich alle und auch Sie gerne dazu ein, mich, mein Team und meine Praxis zu besuchen, ggf. bei mir zu hospitieren und mich als Landarzt live zu erleben und mir am konkreten Fall darzulegen, was ich falsch mache, wovon ich zu wenig, wovon ich zu viel Gebrauch mache, usw.

*Wenige Mediziner wollen heute noch gerne allein in eigener Praxis
Landarzt werden und sein. Das kann ich gut verstehen, Das
auszuführen würde allerdings wieder viel zu weit führen.
Ich jedoch habe Spaß an meiner Tätigkeit und ich glaube, dass meine
Patienten das auch spüren. Wäre nicht das blöde Geld, wäre das nicht
nur Beruf, sondern wirkliche Berufung.
Ich hoffe sehr, dass ich einen kurzen Einblick in meine Arbeit vermitteln
konnte und verbleibe*

*Mit freundlichen Grüßen,
Dr. Doof*

Welt außerhalb der Vorstellung. Eine Analyse

Corona und kein Ende. Neue Ausbrüche schaffen neue
Einbrüche. So ist das halt. Wie viele Arten gibt es eigentlich, eine
Corona-Mund-Nasenschutz-Maske zu tragen? Das frage ich
mich wirklich tagtäglich. Nun, das ist mathematisch auch nur
sehr schwer zu beschreiben. Und weil das so schwer ist, will ich
der Einfachheit halber mal wieder eine Geschichte erzählen.
Der amerikanische Komponist John Cage schrieb in den
fünfziger Jahren des letzten Jahrhunderts ein Musikstück, das er
4`33 nannte. Vier Minuten und dreiunddreißig Sekunden.
Gedacht war es zum Spielen und Singen für jeden, für jeden
Sänger oder Instrumentalisten, auch für jedes Ensemble und
jedes Orchester. Einzige Bedingung war: Es durfte vier Minuten
und dreiunddreißig Sekunden kein Ton gespielt oder gesungen
werden. Vier Minuten und dreiunddreißig Sekunden absolute
Stille! So hatte jeder Hörer die Möglichkeit, vier Minuten und
dreiunddreißig Sekunden seine eigene Musik in sich selbst zu
hören...
Zurück zu Corona. Auch für die Corona-Masken gibt es nur die
eine Bedingung: Tragen! Wie ist scheinbar irrelevant. Und so hat

jeder Mensch die Möglichkeit, die Maske nach eigenem Verständnis oder Unverständnis aufzusetzen. Prinzipiell kann man die Maske auch nur richtig oder falsch tragen. Und eine Corona-Maske nicht richtig zu tragen ist wie neben das Klo kacken (Herr Rütten, der niederländische Ministerpräsident, würde sich bestimmt freuen...)!

Welt außerhalb der Vorstellung

Es ist Sonntagnachmittag. Wir schreiben das Jahr 2020.
Ich schreibe an meinem Buch.

Nachdem ich gestern wieder den ganzen Tag mit meinem Regress beschäftigt war und immer noch kein Ende in Sicht ist, habe ich mir heute gesagt: Scheiß drauf!
Also habe ich heute mal etwas länger geschlafen, war eine Runde laufen, habe danach in Ruhe gefrühstückt und habe mir dann, Corona sei Dank, das erste Mal seit Monaten auf einem Flohmarkt ein paar gebrauchte Schallplatten gekauft. Einfach einmal einen Sonntag gehabt!
Jetzt sitze ich hier und schreibe weiter. Ich lasse die Arbeitswoche Revue passieren. Zum Glück gehen mir nie die Ideen aus. Habe vor einigen Tagen folgendes Papier in meiner Praxis ausgelegt:

Patientenumfrage

zum Thema **Gesundheit und Wirtschaftlichkeit**

Sehr geehrte Patienten!

25.000 Euro!

Mehr können wir im Jahr nicht an Heilmitteln verordnen!
Das entspricht:

1190 Therapieeinheiten Krankengymnastik!

Mehr Einheiten Krankengymnastik können wir im Jahr nicht verschreiben!

Bei **3500 Patienten im Jahr** sind das:
-1 Einheit für jeden 3. Pat.
-2 Einheiten für jeden 6. Pat.
-3 Einheiten für jeden 9. Pat.
-6 Einheiten für jeden 18. Pat.
-12 Einheiten für jeden 36. Pat.
-18 Einheiten für jeden 54. Pat.

Bei ca. 200 Arbeitstagen im Jahr
können wir verordnen: -6 Einheiten pro Tag insgesamt

Da wir bemüht sind, jedem Patienten gerecht zu werden und trotzdem indikationsorientierte Medizin machen wollen, möchten wir Sie um Ihre Meinung bitten!

Wir möchten die Ergebnisse dieser Umfrage dem Gesetzgeber und den Entscheidungsgremien vorlegen. Daher brauchen wir eine möglichst große Zahl an Teilnehmern. **Je mehr mitmachen, desto besser!**

Mit vielem Dank vorab für Ihre Bemühungen,

Der Doc und das Praxisteam

Patientenumfrage zum Thema Wirtschaftlichkeit und Gesundheit
(Bitte kreuzen Sie die entsprechenden Kästchen an)

Wie sollen wir die Krankengymnastik-Einheiten auf unsere Patienten aufteilen?

- 1 Einheit für jeden 3. Patienten: ☐
- 2 Einheiten für jeden 6. Patienten: ☐
- 3 Einheiten für jeden 9. Patienten: ☐
- 6 Einheiten für jeden 18. Patienten. ☐

Wann sollen wir die Krankengymnastik-Einheiten aufschreiben?

Täglich: ☐ (Wenn wir z.B. 1 Patienten 6 KG-Einheiten aufschreiben, bekäme nur der 1. Patient mit entsprechender Indikation an diesem Tag ein KG-Rezept, alle folgenden Patienten gehen leer aus)

Jeden 2. Tag: ☐ (hierbei bekämen die ersten beiden Patienten an diesem Tag ein KG-Rezept, alle weiteren mit entsprechender Indikation gehen leer aus)

An einem Tag pro Woche: ☐ (hierbei bekämen die ersten fünf Patienten an diesem Tag ein KG-Rezept, alle weiteren mit entsprechender Indikation gehen leer aus)

Wichtig in diesem Zusammenhang:
Die Patienten mit entsprechender Indikation und Verordnungswunsch müssten an den entsprechenden Tagen möglichst früh in der Praxis sein.

Bitte nennen Sie in eigenen Worten, welche Krankheitsbilder Sie als notwendig für krankengymnastische Therapie erachten:

Feld für eigene Kommentare:

Teilnehmer: männlich ☐ weiblich ☐
Alter: Jahre

Warum ich so etwas mache? Vielleicht weil ich ein Idiot bin. Oder weil ich mir einen Baseballschläger gekauft habe. Nachdem ich die Regressdrohung erhalten habe und nachdem ich intensiv über das Problem nachgedacht und nach Lösungen gesucht habe, habe ich den fordernden unter den Patienten immer wieder die gleiche Frage gestellt:

Wissen Sie eigentlich, wer Ihre Behandlung bezahlt?

Nun, obwohl die Frage wirklich nicht einfach zu beantworten ist, reagieren viele Patienten darauf mit einer Bandscheiben[39]-Antwort. *Ich selbst* sagen einige, wenn sie etwas weiter ausholen, noch *...durch meine Beiträge!* Oder: *Der Steuerzahler.* Das sind die universell Denkenden. Oder: *Die Krankenkassen.* Das sind die, die es gut meinen. Es gibt aber auch die, die sagen: *Das ist mir doch scheißegal.* Hier besteht übrigens eine hohe Korrelation zur Bereitschaft, keine Corona-Maske tragen zu wollen.

Keiner sagt: Der Arzt.

Wie gesagt, die Frage ist wirklich nicht leicht zu beantworten, bis auf die Antwort der Maskengegner vielleicht. Denn im Prinzip ist jede Antwort richtig. Nur wenn der Topf oder der Geldsack leer ist und das Budget aufgebraucht und der Patient trotzdem Behandlung will oder vielleicht haben muss und der Arzt diese verordnet oder verordnen muss, weil er sich daran erinnert, dass es so etwas wie den Hippokratischen Eid gibt, dann zahlt er die Behandlung.
Und zwar ganz allein...

Welt in der Vorstellung. Ein Versuch

Es ist Dienstagabend. Wir schreiben das Jahr 2020.
Ich schreibe in mein Buch.

Warum sind die Menschen unglücklich?
Warum sind die Menschen unzufrieden?
Wozu sind Kriege in der Welt?
Wozu Unglücke, Katastrophen?

Das sind schwierige Fragen.
Was habe ich als Hausarzt damit zu tun?

Die Aufgaben des Arztes sind überall die gleichen: Er soll Krankheiten erkennen und heilen, Beschwerden lindern und Leben verlängern. Er ist dabei ausschließlich seinem Gewissen verantwortlich und den Regeln der ärztlichen Kunst unterworfen. Diese Funktion ist vom Ort seiner Tätigkeit unabhängig, gleichviel, ob er im Krankenhaus, in der Praxis oder in einem Gesundheits-verbund arbeitet. Der Arzt hat eine Schlüsselrolle im Gesundheitswesen. Die Versorgung kranker Menschen ist eine komplexe und verantwortungsvolle Tätigkeit, die deshalb besonderen Regeln und einer besonderen Verpflichtung unterliegt. Die Ärztekammern haben im staatlichen Auftrag dafür Sorge zu tragen, dass die Ärzte ihren Beruf korrekt ausüben. Die soziale Verantwortlichkeit des Arztberufes ist groß. Der Arzt hat Macht. Er definiert, was noch gesund oder schon krank ist. Er definiert die Inhalte der Medizin gegenüber seinen Patienten, und er veranlasst die Leistungen, die zur Behandlung notwendig sind. Grundlage dafür ist die medizinische Wissenschaft, die im Idealfall objektive Ergebnisse und Handlungsanweisungen ergibt, die in der Praxis bestätigt werden. Mit dieser Definitions- und Delegationsmacht ist der Arzt der zentrale Faktor für die Qualität der erbrachten Leistung und für die Kosten. Wie entsteht gute Medizin?
Erstens durch Wissen, erworben durch Studium, Weiter- und Fortbildung, durch gezielte Kontakte mit anderen Ärzten und durch Lektüre oder gezielte Recherche.

Zweitens durch Können, resultierend aus Studium, Weiterbildung, medizinischen Lehrern und Berufspraxis, und drittens durch Erfahrung - als Folge von beruflicher Praxis, der Persönlichkeit des Arztes und dabei insbesondere durch die Fähigkeit, zuzuhören und zu lernen. Eine gewisse Demut ist wichtiger als Hochmut.
Drittens: Der Arzt braucht Zeit für den Patienten. Taktfrequenzen als Vorgabe für die Auslastung von OP-Sälen oder Untersuchungsräumen sind ethisch fragwürdig oder bestenfalls als Orientierungsgröße geeignet.
Viertens: Der Arzt braucht eine Rückkopplung über seine Ergebnisse und die Zufriedenheit seiner Patienten. Der Arzt will nicht nur etwas Gutes tun, sondern auch damit Erfolg haben. Der aktuelle Medizinbetrieb fördert nur den Aktionismus bis zur Besinnungslosigkeit.
Fünftens: Er hat Anspruch auf eine angemessene Bezahlung. Ohne sie wird er vom mangelnden Respekt gegenüber seiner Leistung ausgehen und seine Leistung seinem Gehalt anpassen.[40]

Soweit zunächst das Wort eines Herrn Dr. Jonitz, Ärztekammer Berlin.

Nochmals zu den eingangs gestellten Fragen: Was habe ich als Hausarzt damit zu tun? Nicht viel muss man denken, denn in dem Artikel steht nichts darüber.
Heute war Dienstag. Ein typischer Psychotag. Krankheit, allerdings nur wenig davon, dafür Probleme, nichts als Lebensprobleme und Patienten mit Lebensproblemen. Mobbing am Arbeitsplatz. Streitigkeiten in der Familie, wieder und wieder. Ehezerwürfnisse. Der Ehemann, der nichts mehr hört, ein ganzes Eheleben nichts gehört und nie zugehört hat. Musterkinder, Vorzeigekinder, missratene Kinder. Work-Life-Balance-Ehefrauen, aus dem Gleichgewicht geraten. Über- und übermüdete Mütter von einem oder zwei Kindern mit dem Wunsch nach umfassender und alles erfassender Blutuntersuchung.

- Herr Doktor, mich stört mein Übergewicht.
- Essen Sie weniger, in Maßen!
- Ich esse viel weniger als früher und nehme trotzdem zu.
- Bewegen Sie sich mehr!
- Habe keine Zeit dafür, außerdem tun mir die Knie weh.
- Lassen Sie sich operativ den Magen verkleinern...
- Das will ich nicht!

Neunzigjährige Ehepaare, die zur Gesundheitsuntersuchung kommen (das ist sicher sinnvoll) und ihre Gesundheitsprognose für die nächsten zehn Jahre hinsichtlich Entwicklung einer Herz-Kreislauf-Erkrankung erstellt bekommen wollen (...?). Neunzigjährige Urgroßmütter, die nach überstandener Herzklappen Operation verzweifelt sind, dass sie nicht mehr durch die Gegend tanzen können. Die alles umfassende Trauer, dass die Wiederherstellung der ewigen Jugend trotz all der vielen tagtäglich geschluckten Medikamente nicht gelingt, obwohl die Wunderpille in der Zeitschriften- und Fernsehwerbung das doch versprochen hat. Das Verlangen nach einer erneuten Kur, obwohl die letzte erst drei Tage her ist. Lebensprobleme. Was ist das Kranke daran? Das Kranke daran ist das Kranke darin. Die Vorstellung, dass man durch mehr immer mehr. *Modestia est signum sapientiae.*[41] Die Menschen sind weder bescheiden noch weise. Deshalb kann man die eingangs gestellten Fragen nicht beantworten. Auch ich als Hausarzt kann das nicht. Trotzdem habe ich tagtäglich damit zu tun.

Reise durch Absurdistan. Etappenpause

Es ist Freitagnachmittag. Wir schrieben das Jahr 2020.
Ich schreibe an meinem Buch.

Corona und kein Ende. Es wird ja nicht nur ständig über Corona geredet und geschrieben und regiert, nein, es wird ja auch zu Corona geforscht. Und das mit mehr Hochdruck als jemals zu einer anderen Erkrankung geforscht worden ist. Meint man. Manchmal, selten, vertiefe ich mich ja dann doch beim Zeitung lesen in einen Artikel. So lese ich heute in einem mit der Überschrift *Die Suche nach dem heiligen Gral* betitelten Artikel, dass bereits Ende des Jahres 2020 ein erster Covid-19 Impfstoff zur Verfügung stehen könnte. Ein medizinwissenschaftliches Wunder, hier scheinen sich die forschenden Ereignisse quasi zu überschlagen. Oder ist das eine Meldung, die nur unserer täglich exponentiell steigenden Sensationslust und -geilheit geschuldet ist? Wer weiß!
So wird seit Jahrzehnten an Impfstoffen gegen Malaria und HIV geforscht, bislang ohne nennenswerten Erfolg. Und an der Tuberkulose hat sich bereits Robert Koch, der Entdecker des Tuberkelbazillus, die Zähne ausgebissen und auch über 100 Jahre später sind wir noch nicht wirklich weitergekommen. Und jetzt soll innerhalb eines Jahres nach Auftreten der Krankheit ein Impfstoff gegen Corona auf den Markt kommen?
Und was wäre die Medizin und die Forschung ohne Geld? Ich lese weiter in besagtem Zeitungsartikel. Ein britischer Pharmakonzern arbeite derzeit in Zusammenarbeit mit der Universität Oxford an einem der fortgeschrittensten Impfstoffkandidaten. Der Chef des Pharmaunternehmens wird zitiert, verhältnismäßig preiswerte 2,50€ solle eine Einheit des Impfstoffes bei der Markteinführung kosten.

Ich schlucke! 2,50€?

Hier die derzeitigen Preise für einige gängige Impfstoffe. Gegenwärtig kostet eine Einheit Impfserum gegen:

- Hepatitis A: >45€
- Mumps, Masern, Röteln (MMR):   >30€
- Pneumokokken: >60€
- Diphterie, Tetanus, Polio: >33€

Wie gesagt: Das sind gängige Impfstoffe!

Vielleicht sollte ich das nicht tun, aber ich denke nach. Ein Impfstoff, der händeringend gesucht und an dem mit Hochdruck geforscht wird, soll innerhalb eines Jahres marktreif sein und nur läppische 2,50€ kosten? Ich verstehe die Welt nicht mehr, ich verstehe sowieso nicht viel von der Welt. Aber ich sage nur einmal frei heraus, was ich denke. Entweder dieser genannte Impfstoff gegen Corona taugt nichts, kann nichts taugen oder die Pharmafirmen verdienen sich mit den gängigen Impfstoffen eine goldene Nase. Wundern würde mich das nicht.

Welt außerhalb der Vorstellung. Petit Interlude

Es ist Donnerstagnachmittag. Mittagspause. Wir schreiben das Jahr 2020.
Ich schreibe an meinem Buch.

Regress ohne Ende. Wirtschaftlichkeitsprüfung und kein Ende. Habe gerade ein nettes aber anstrengendes Telefonat hinter mir. Im Nachhinein tut es mir ja doch immer wieder leid, wenn die Falschen meine Wut abbekommen. Habe mit einer netten Dame von der Kassenärztlichen Vereinigung (KV) telefoniert. Habe nämlich zusätzlich zu meinem Heilmittelregress noch einen Regress bezüglich meiner Sprechstundenbedarfskosten an der Backe. Die Kosten in meiner Praxis für das, was ich aus meiner Schublade verbrauche, überschreiten die der Fachgruppe der Feld-, Wald- und Wiesenärzte um sage und schreibe 207%.
Merke: Ich bin ein teures Pflaster für den Staat und den Steuerzahler. Also wieder zusammensuchen und –tragen, wieder rechnen, wieder begründen. *Das sind medizinische Laien, die diese Wirtschaftlichkeitsprüfung machen* hat die nette Dame von der KV am Telefon gesagt. *Ich solle für diese Leute glaubhaft begründen, wofür ich in meiner Praxis so viele Steuergelder für den Patienten verbrate.*
Seit kurzem fühle ich mich gar nicht mehr als Arzt. Nein, ich bin Pornostripper geworden, der vor einem Laienpublikum die Hosen runterlassen muss. Hui!
Aber ich will mich an die Spielregeln halten. Die Dame am Telefon, die im Grunde ja nichts dafürkann, war ja auch sehr nett. Also suche ich, recherchiere ich, rechne ich.
Wofür brauche ich so viele lokale Betäubungsmittel?
Wofür brauche ich so viele Verbandsstoffe?

(Was jetzt kommt, habe ich bereits in einer früheren Etappe (auf Seite 86) an die Prüfungseinrichtungen der Ärzte und Krankenkassen geschrieben. Der Leser kann, wen er diesen Schrieb gelesen hat, die folgenden Seiten gerne überschlagen).

Nun, ich mache pro Jahr ca. 200–250 kleine chirurgische Eingriffe in der Praxis. Ich bin ja nicht nur Pimpelarzt sondern auch noch ein Stück weit Chirurg geblieben. Da ich aber nicht als Chirurg, sondern als Hausarzt niedergelassen bin, darf ich nur die EBM-Ziffer 02301 (=14,61€) und maximal die Ziffer 02302 (=25,27€) für meine Eingriffe abrechnen.
Wie teuer sind denn die anderen? Ich recherchiere und ziehe den EBM (=Einheitlicher Bewertungsmaßstab) zu Rate. Zum Glück findet man im Internet alles.

Der einheitliche Bewertungsmaßstab (EBM) ist das Vergütungssystem der vertragsärztlichen bzw. vertragspsychotherapeutischen Versorgung in Deutschland. Es ist ein sozialversicherungsrechtliches Verzeichnis im deutschen Gesundheitswesen, nach dem ambulante und belegärztliche Leistungen in der gesetzlichen Kranken-versicherung abgerechnet werden.

Schaun mer mal[42] (...auch wenn ich mich jetzt wiederhole: So ist das nun mal in der Bürokratie...)

Auf der Website der Kassenärztlichen Bundesvereinigung (KBV) findet man den Arztgruppen-EBM in der Fassung vom 1. Juli 2020 unter Berücksichtigung der aktuellen Beschlüsse bis einschließlich der 508. Sitzung des Bewertungsausschusses, der 66. Sitzung des erweiterten Bewertungsausschusses sowie der 53. Sitzung des ergänzten Bewertungsausschusses.

Für jede Arztgruppe gibt es einen EBM. Das beginnt mit A wie Anästhesisten und endet mit U wie Urologie. Insgesamt 26 EBMs.
Mich interessieren natürlich am ehesten die Chirurgen, meine alten Kumpel.

Ich schlage einmal nach. Ich operiere z.B. gelegentlich in meiner Praxis eine Analvenenthrombose. Jeder Mensch, der so etwas schon einmal hatte, weiß, wie unangenehm und schmerzhaft das sein kann. Also, ein niedergelassener Chirurg darf für den gleichen Eingriff mindestens die EBM-Ziffer 36171 (=proktologischer Eingriff der Kategorie H1) abrechnen, das sind 67,57€ plus die Ziffer 36178, das sind 53,07€ (*Zuschlag, wenn obligater Leistungsinhalt*

- *Schnitt-Naht-Zeit je weitere vollendete 15 Minuten*
- *Nachweis der Schnitt-Naht-Zeit über das Anästhesieprotokoll oder den OP-Bericht,*

je weitere vollendete 15 Minuten Schnitt-Naht-Zeit.

Die Gebührenordnungsposition 36178 kann entsprechend Anhang 2, Präambel 2.1, Nr. 14 als Zuschlag zu anderen belegärztlichen Operationen des Abschnitts 36.2 abgerechnet werden).

Weil mir die Kreativität hierfür fehlt, habe ich das wortwörtlich aus dem EBM abgeschrieben...

Ich rechne: 67,57€ + ggf. 53,07€ = 120,64€!

Mein Gott, was bin ich mit meinen 25,27€ doch teuer, denke ich mir.

Noch ein Beispiel.
So darf ein niedergelassener Chirurg einen Eingriff an der Haut mit mindestens 50,54€ abrechnen (EBM-Ziffer 36101, Kategorie A1) plus die Ziffer 36108 mit 34,39€. (*Zuschlag, wenn obligater Leistungsinhalt*

- *Schnitt-Naht-Zeit je weitere vollendete 15 Minuten*
- *Nachweis der Schnitt-Naht-Zeit über das Anästhesieprotokoll oder den OP-Bericht,*

je weitere vollendete 15 Minuten Schnitt-Naht-Zeit.

Die Gebührenordnungsposition 36108 kann entsprechend Anhang 2, Präambel 2.1, Nr. 14 als Zuschlag zu anderen belegärztlichen Operationen des Abschnitts 36.2 abgerechnet werden).

Ich rechne wieder: 50,54€ + ggf. 34,39€ = 84,93€!
Auch hier komme ich die Kassen und den Steuerzahler mit meinen 25,27€ wieder einmal teuer zu stehen.

Ich höre auf zu suchen. Ich höre auf zu rechnen. Ich höre auf zu vergleichen. Ich habe jetzt einfach keinen Bock mehr.

Übrigens:
Der EBM für Chirurgen umfasst 1419 Seiten; der für Anästhesisten 1346 Seiten, der für Augenärzte 1383 Seiten, der für...
Ich kalkuliere jetzt einfach mal vorsichtig mit 1200 Seiten pro Fachgruppen-EBM. Bei 26 Fachgruppen sind das mindestens 31.200 Seiten. Das übertrifft die Gesamtseitenzahl des Gesamtwerks von Thomas Mann[43], das sind immerhin 60 Jahre schriftstellerische Tätigkeit, bei weitem...

Hatte übrigens vor meinem Telefonat mit der KV noch einen Hausbesuch gemacht, von denen ich ja überdurchschnittlich viele mache. Eine 90-jährige alleinstehende Dame mit Schwindel. Habe ihr etwas aus meinem Arztkoffer gegen den Schwindel als Spritze verabreicht, was ich zuvor meiner Praxisschublade entnommen hatte und was zum Sprechstundenbedarf zählt. Wollte die alte Dame, die schlecht zu Fuß ist, dafür nicht mit einem Rezept in die Apotheke schicken.

Ich verabschiedete mich von der alten Dame, *sei in Eile, hätte gleich noch ein Telefonat mit der KV, weil ich zu teuer für das System sei. Ich mache u. a. zu viele Hausbesuche. Ich müsse damit mehr sparen, Herr Spahn brauche das Geld, um damit die Kosten für die kostenlosen Corona-Tests für Reiserückkehrer zu finanzieren* fügte ich etwas

schelmisch hinzu. Ob die geistig vollkommen klare alte Dame
das verstanden hat, weiß ich nicht...

Welt ohne Wille. Etappenpause

Ich bezeichne mich selbst als Panegyriker[44] auf die Perfektion.
Und ich liebe auch die Alliteration[45].

Warum ich so geschwollen schreibe? Nun, Menschen, die mit
groß, größer am größten argumentieren kann man nicht mit
klein, kleiner am kleinsten gegenhalten. Da hilft nur: am größten,
trotzdem noch größer und noch größer.
Wohlsprechende Menschen haben mir Zeit meines Lebens
immer schon imponiert. Menschen des vollendeten
gesprochenen und geschriebenen Wortes haben mich schon
immer in großes Erstaunen versetzt. Das verfolgt mich schon
mein ganzes Leben. Ich selbst war schon immer ein
Sprachlegastheniker. Als Medizinstudent war ich u.a. deswegen
ein schüchterner und zurückhaltender Mensch, ich fühlte mich
alles andere als selbstsicher. Die selbstbewussten und
selbstsicheren Kommilitonen der eleganten Rede standen immer
in der ersten Reihe. Sowohl bei den Professoren als auch bei den
Frauen. Und noch heute rauben mir die Eloquenz[46]bestien unter
den Menschen den Atem. Doch so sehr die rede- und
schreibgewandten Herren und Damen der Schöpfung unser
Weltgeschehen bestimmen, sie reden und schreiben immer nur
eines: immer nur dasselbe.
Reden ist Silber, ein Edelmetall.

Schweigen ist Gold.

Damit das Vieh gedeiht und Milch und Fleisch liefert, damit das Korn auf den Feldern wächst und die Früchte auf den Bäumen, damit das Dach über dem Kopf uns vor Regen schützt und die Kleidung auf unserer Haut uns vor der Kälte, dafür hat der liebe Gott die Arbeit erfunden.

Das Wort hat er erfunden, damit die, die es beherrschen, die, die es nicht beherrschen, um die Früchte ihrer Arbeit bringen.
Reden ist Silber, ein Edelmetall.
Wenn ich aber an die, die das Wort und die Welt beherrschen, in irgendeiner Form herantreten will, wenn ich auf mich und *meine* Welt aufmerksam machen will, so muss ich mein Schweigen brechen und mit noch größer als am größten dagegenhalten.
Reden ist Silber.

Schade um das schöne Gold.

Worin liegt nun meine Perfektion?
Ehrlich, ich habe gar keine.
Ich versuche nur, die Arbeit wegzuschaffen, wenn sie vor mir liegt und ich gebe nicht auf, bis sie erledigt ist. Und wenn ich einmal etwas nicht gut mache, dann versuche ich, es beim nächsten Mal besser zu machen. Das ist alles.
Das ist *mein* Gold.

Scheiß auf das ganze Silber.

Welt außerhalb der Vorstellung. Weiterhin

Es ist Montagmorgen. Wir schreiben mittlerweile das Jahr 2021. Ich schreibe wieder an meinem Buch.

Oh, irgendwie scheine ich wieder aufgewacht zu sein, nachdem ich fast ein ganzes Jahr nichts über die Welt außerhalb der Vorstellung geschrieben habe. *Si tacuisses philosophum mansisses*[47]. Ich habe geschwiegen, weil ich dachte, es bringt nichts, zu reden, weil das sowieso keinen interessiert. Aber, wenn auch die Philosophie die Welt zu verändern mag, die Philosophen selbst verändern sie nicht. Das sind dann doch eher diejenigen, die die Dinge anpacken und sich den Arsch aufreißen. Also habe ich mich wieder für Wort & Tat und gegen das Schweigen entschieden. Und habe das Schreiben wieder aufgenommen. Mittlerweile ist mir das nämlich egal, dass das keinen interessiert. Wichtiger ist, dass es mich interessiert, dass ich es tue. Lebt man ausschließlich *easy going* (s. Intro), dann wiederholen sich die Dinge zwar ständig aber sie gehen nie voran…

Corona ist immer noch präsent. Es scheint zwar so zu sein, aber keiner weiß so wirklich, ob es tatsächlich vorangeht, dies wissen auch die nicht, die in der Bundespressekonferenz zur Rechten der Macht sitzen. Sie erzählen es zwar in alle Kameras dieser Welt und diese verbreiten es wie ein Lauffeuer um diese. Und dennoch stiften sie damit nur Verwirrung.

Und auch mein Regress ist wieder da, obwohl ich dachte, das sei vorbei. Ich dachte zwar, das sei vorbei, aber insgeheim wusste ich, dass es anders kommt, weil eben nun einmal kommt, wie es kommen muss. Ich habe letzte Woche erneut von der Prüfungsstelle der Ärzte und Krankenkassen meiner Region eine Regressandrohung sowohl für Heilmittel als auch für Sprechstundenbedarf bekommen. Für das Jahr 2019. Und diese wird mich fast doppelt so viel kosten wie im Vorjahr. Obwohl meine Bearbeitung des Regresses für das Jahr 2018 von den Behörden noch gar nicht abschließend bearbeitet wurde.

Behörden müssen eben einfach immer automatisch scheißen, wenn sie sich aufs Klo setzen, auch wenn sie im Grunde gar nicht müssen.

Wie dem auch sei. Ich für mich habe mich entschlossen, diese Verhohnepipelung des Menschen nicht mehr duckmäuserisch einfach so hinzunehmen. Ich nehme mich ernst. Ich bitte nicht mehr um Audienzen und lasse mir keine mehr gewähren. Wenn jemand zur Audienz bittet, dann bin ich das! Ganz ehrlich: wenn die Institutionen und Mächtigen nicht bereit sind, mit mir auf Augenhöhe zu kommunizieren (wobei ich durchaus bereit bin, mich der Augenhöhe anzupassen), dann können mir diese Entitäten in der Tat gestohlen bleiben!

Si tacuisses, philosophum mansisses, si non tacuisses etiam… [48]

Welt als Wille. Eine Darstellung

Es ist Mittwochabend. Wir schreiben das Jahr 2021.
Ich schreibe an meinem Buch.

Es ist sehr schön, wenn man für sich erkannt hat, sich nicht mehr für dumm verkaufen zu lassen. Ich sage, was ich denke. Das ist eine neue Form von Lebensqualität.
Leider gibt es auch viele Menschen, die sagen, was sie denken, obwohl sie gar nicht darüber nachgedacht haben, was sie zu sagen haben. Aber um die geht es hier nicht.
Meine Vorbilder sind alles Menschen, die sagen, was sie denken und das auch zu früheren Zeiten gedacht und gemacht haben.
So zählt zum Beispiel Mahatma Gandhi zu meinen Vorbildern.

Oder Greta Thunberg. Oder Lemmy Kilmister. Und zu letzterem gibt es eine witzige Story:

Ian Fraser *Lemmy* Kilmister, legendärer und mittlerweile verstorbener Sänger, Bassist und Gründer der Rockband *Motörhead*, Rock`n´Roller durch und durch aber auch Gesellschaftskritiker, war im Jahre 2011 in der Sendung *Lanz* zu Gast und durfte in der Runde direkt neben einem damaligen Bundesminister Platz nehmen. Und während des Interviews wurde wiederholt das Gesicht des Ministers eingeblendet. Wer kann, sollte sich das Video hierzu einmal bei *YouTube* anschauen (zu finden unter: *Lemmy bei Lanz*). Es ist ein Lehrvideo zum Thema nonverbale Interaktionspsychologie! Denn man konnte dem Minister im Gesicht ansehen, wie ein bestimmtes Körperteil immer kleiner wurde, insbesondere als Lemmy auf Viagra angesprochen wurde und erst recht als Lanz zum Ende des Interviews dem Minister den Vorschlag machte, beim nächsten Motörhead-Konzert zusammen in der ersten Reihe zu stehen…
(…Sorry, Minister, ich habe Lemmy vier Wochen vor seinem Tod im Jahre 2015 noch live auf der Bühne gesehen und bin dabei trotz der immensen Lautstärke leider eingeschlafen, weil ich nach einem langen Arbeitstag einfach müde war…).

Tja, so ist das halt. Es gibt Menschen, die sagen, was sie denken, und es gibt Menschen unter den Menschen, die viel sagen, von denen man aber nicht so wirklich den Eindruck hat, dass sie so etwas wie einen Arsch in der Hose haben…

Reise durch Absurdistan. Immer weiter.

Es ist Freitagnachmittag. Wir schreiben das Jahr 2021.
Ich schreibe an meinem Buch.

Auch auf die Gefahr hin, dass ich demjenigen, der das lesen will,
alles abverlange: Ich tue es dennoch, denn es hat mit uns allen zu
tun, auch mit denen, die das nicht lesen wollen, weil es ihnen zu
anstrengend und ermüdend ist, was ich auch gut verstehen
kann.
Irgendwann konnte ich es letztens an einem Dienstagvormittag
einfach nicht mehr ertragen. Die Praxis war voll und das Telefon
klingelte pausenlos und ständig die Frage *...wann bin ich denn
endlich mit der Impfung dran, ich habe doch diesen Beruf, der so
immens wichtig ist in dieser Gesellschaft...* oder *...ich bin doch schon
so und so alt und mein Nachbar, der ist sogar jünger als ich und der ist
sogar schon...* oder *...beim Arzt xy sind schon alle längst...* oder *...wie
stellen Sie sich das denn vor, immerhin haben wir Urlaub nächste
Woche gebucht...* oder *...Ihre Liste, ist die überhaupt legitim...?* oder
oder oder...
Denken Sie sich irgendetwas aus, was sich nicht denken lässt
und es trifft dennoch zu!
Irgendwie musste ich meine Mitarbeiterinnen abholen und
beruhigen.

Wie gesagt, ich wusste einfach keinen Rat mehr...

Aus dem Affekt heraus schrieb ich eine verzweifelte e-Mail an
das Bundesministerium für Gesundheit (BMG) und bat um
Hilfe.
Innerhalb von einer Sekunde bekam ich folgende Antwort:

Sehr geehrte Damen und Herren,

um Ihnen schnell weiter zu helfen, erhalten Sie diese automatische Eingangsbestätigung mit wichtigen Hinweisen. In der Regel sind die lokalen Behörden, wie die Gesundheitsämter, und die Kranken- und Pflegekassen für Fragen, z. B. zur Quarantäne, zu den Berechtigungsscheinen für Masken, zum Reisen oder zu kranken- und pflegeversicherungsrechtlichen Anliegen, eigenverantwortlich zuständig. Die Organisation der Impfung und die Vergabe der Impftermine regeln die Bundesländer. Das Bundesministerium für Gesundheit (BMG) kann weder auf die lokalen Entscheidungen Einfluss nehmen noch diese überprüfen. Ausnahmegenehmigungen sind nicht möglich. Die Aufsicht über die gesundheitliche Versorgung führt grundsätzlich das Gesundheitsministerium des jeweiligen Bundeslandes. Allgemeine telefonische Auskünfte zur Corona-Schutzimpfung erhalten Sie unter der Telefonnummer 116 117.

Verfolgen Sie zu aktuellen Themen unsere Webseite: https://www.bundesgesundheits-ministerium.de/.

Die aktuell wichtigsten Informationen haben wir nachfolgend für Sie zusammengestellt:

I. Coronavirus (Allgemeines, Impfen (Telefon 116 117), Masken, Reisen, Testung, …)

II. Prüfung von Einzelfällen

III. Aktuelle Vorhaben, Gesetze und Verordnungen sowie Auskunftsersuchen und fachliche Bewertungen

Zu I. Coronavirus:

1. Allgemeines:

Grundsätzlich entscheidet die behandelnde Ärztin/der behandelnde Arzt oder die Ärztin/der Arzt beim Gesundheitsamt (https://tools.rki.de/plztool/), ob ein Test durchgeführt wird. Das Bundesministerium für Gesundheit (BMG) kann auf die Entscheidungen der vorstehenden Stellen keinen Einfluss nehmen. Bitte wenden Sie sich bei Problemen an die zuständigen Stellen in Ihrem Bundesland.

Die Zuständigkeiten für die Festlegung infektionsschutzrechtlicher Maßnahmen liegen aufgrund der verfassungsrechtlichen Kompetenzverteilung grundsätzlich bei den Bundesländern, die das Infektionsschutzgesetz (IfSG) als eigene Angelegenheit vollziehen (Artikel 83 Grundgesetz - GG). Wenden Sie sich daher mit individuellen Fragen (z. B. zu Umzügen, Quarantäneregelungen, Besuchsmöglichkeiten in Pflege- und Gesundheitseinrichtungen …) an die örtlichen Behörden im jeweiligen Bundesland.

Die Verordnungen und Allgemeinverfügungen, die in Ihrer Region gelten, finden Sie auf der Seite Ihres Bundeslandes: https://www.bundesregierung.de/.../corona-bundeslaender....

Bund und Länder haben in Anbetracht der Infektionsdynamik, und um eine Überforderung des Gesundheitssystems zu verhindern, zusätzliche Corona-Maßnahmen beschlossen. Die Bundesregierung informiert laufend auf ihrer Webseite https://www.bundesregierung.de/ breg-de/themen/coronavirus. Angesichts einer bundesuneinheitlichen Auslegung der gemeinsam von den Ländern in der regelmäßig stattfindenden Ministerpräsidentenkonferenz beschlossenen Maßnahmen, hat der Bundesgesetzgeber mit dem 4. Bevölkerungsschutzgesetz bundeseinheitliche Schutzmaßnahmen zur Reduzierung der zwischenmenschlichen Kontakte normiert, um der staatlichen Schutzpflicht für das Grundrecht auf Leben und körperliche Unversehrtheit aus Artikel 2 Absatz 2 Satz 1 GG im erforderlichen Maße nachzukommen und dabei insbesondere auch die Funktionsfähigkeit des Gesundheitssystems als überragend wichtigem Gemeingut und damit die bestmögliche Krankenversorgung weiterhin sicherzustellen.

Fragen und Antworten zum 4. Bevölkerungsschutzgesetz finden Sie auf unserer Webseite: https://www.bundesgesundheitsministerium.de/.../4-bevschg....

Informationen zur neuen Verordnung für Geimpfte und Genesene: https://www.zusammengegencorona.de/.../aktuelle-regelungen/

Beachten Sie auch die am Ende unter Punkt III aufgeführten Hinweise.

2. Impfen:

Das BMG kann weder beurteilen, ob im Einzelfall ein Anspruch auf eine Impfung besteht, noch Ausnahmen ermöglichen.

Die Zuständigkeit für die Organisation der Impfungen in den Impfzentren liegt bei den Bundesländern. Dazu zählt auch die Überprüfung der Impfberechtigung von Personen, die ein Impfangebot in den jeweiligen Impfzentren wahrnehmen möchten.

Neben den Impfzentren führen seit dem 7. April auch Hausärztinnen und Hausärzte die Corona-Schutzimpfung durch. Weitergehende Informationen finden Sie unter:

https://www.zusammengegencorona.de/.../impfen-in.../

Das BMG kann keine Patientenberatung durchführen. Individuelle Fragen (z.B. zu Vorerkrankungen, Unverträglichkeiten, …) müssen mit den Ärztinnen/Ärzten vor Ort geklärt werden.

Das BMG versendet keine Impfausweise. Wenden Sie sich, um einen Impfausweis zu erhalten, an Ihre Hausarztpraxis.

Fragen und Antworten zum digitalen Impfnachweis:

https://www.bundesgesundheitsministerium.de/.../faq...

Telefonische Auskünfte zur Impfung erhalten Sie unter 116 117.

Alle wichtigen Informationen zur Impfung mit AstraZeneca:

https://www.zusammengegencorona.de/.../alle-wichtigen.../

Allgemeine Informationen finden Sie auf unseren Internetseiten:

https://www.zusammengegencorona.de/impfen/

https://www.bundesgesundheitsministerium.de/.../faq-covid...

Relevante Fragen zu COVID-19 und Impfen hat zudem das Robert Koch-Institut (RKI) zusammengestellt und umfassend beantwortet: www.rki.de/SharedDocs/FAQ/COVID- Impfen/ gesamt.html<http://www.rki.de/SharedDocs/FAQ/COVID-Impfen/gesamt.html>.

Antworten auf häufig gestellte Fragen zu COVID-19-Impfstoffen stellt auch das Paul-Ehrlich-Institut zur Verfügung: https://www.pei.de/.../faq/faq-coronavirus-inhalt.html.

Informationen finden Sie darüber hinaus auf der Internetseite der Bundesregierung: https://www.bundesregierung.de/.../coronavirus-impfung...

Eine Impfpflicht gegen das Coronavirus wird es nicht geben. Weitergehende Stellungnahmen sind nicht möglich. Verfolgen Sie bitte die unter Punkt 10 aufgeführten Internetseiten.

3. Masken:

Mit der Coronavirus-Schutzmasken-Verordnung (SchutzmV) erhielten Risikogruppen bis zum 15. April 2021 Zugang zu vergünstigten Schutzmasken. Die gesetzlichen Krankenversicherungen und privaten Krankenversicherungsunternehmen hatten auf Grundlage der ihnen bis zum 15. Dezember 2020 vorliegenden Daten die anspruchsberechtigten Personen zu ermitteln, denen sie Berechtigungsscheine für Schutzmasken zuzusenden hatten. Das festgelegte Datum bezog sich sowohl auf die Anspruchsvoraussetzung des Alters als auch auf das Vorliegen einer Erkrankung bzw. eines Risikofaktors. Alle Anspruchsberechtigten erhielten zwei fälschungssichere Berechtigungsscheine für jeweils sechs Masken von ihrer Krankenkasse bzw. ihrer privaten Krankenversicherung per Post zugesandt.

Vom 16. Februar bis zum 6. März 2021 bekamen Menschen, die Arbeitslosengeld II beziehen, kostenlose Masken.

Eine Abgabe von Schutzmasken oder eine Ausgabe der Berechtigungsscheine und -schreiben durch das BMG erfolgte nicht. Das BMG kann zudem weder die Anspruchsberechtigung prüfen noch Ausnahmen ermöglichen. Es gelten die in der Coronavirus-Schutzmasken-Verordnung aufgeführten Fristen und Termine.

Informationen, z. B. zum anspruchsberechtigten Personenkreis sowie zur Abgabe, finden Sie unter:
https://www.bundesgesundheitsministerium.de/.../schutzmv....

Bei Fragen im Zusammenhang mit dem Erhalt der Berechtigungsscheine und -schreiben müssen Sie sich an Ihre Krankenkasse oder Ihr privates Versicherungsunternehmen wenden.

Unbedenklichkeitsbescheinigungen über das Tragen von Masken stellt das BMG nicht aus.

4. Reisen/Digitale Einreiseanmeldung (DEA):

Alle Bürgerinnen und Bürger bleiben weiterhin aufgerufen, jeden nicht notwendigen Kontakt zu vermeiden und möglichst zu Hause zu bleiben. Es gelten länderspezifische Reisewarnungen aufgrund der Pandemie. Welche Länder betroffen sind und welche Regelungen in anderen Ländern gelten, erfahren Sie auf der Internetseite des Auswärtigen Amts:
https://www.auswaertiges-amt.de/.../Reis.../covid-19/2296762
Bitte informieren Sie sich dort vor Reiseantritt über die Einreisebestimmungen. In vielen Ländern ist eine Einreise aus Deutschland derzeit nicht möglich.
Aktuelle Informationen für Reisende:
https://www.bundesgesundheitsministerium.de/coronavirus...
Fragen und Antworten zur digitalen Einreiseanmeldung, Nachweispflicht und Einreisequarantäne:
https://www.bundesgesundheitsministerium.de/.../faq-tests...
Information in other languages:
https://www.bundesgesundheitsministerium.de/.../einreise...
Information zur SMS für Einreisende:
https://www.bundesgesundheitsministerium.de/.../corona...
Sofern Sie sich seit dem 1. März 2021 durchgängig in Deutschland aufgehalten haben, können Sie die SMS als gegenstandslos betrachten.
Informationen zur digitalen Einreiseanmeldung:
https://www.bundesgesundheitsministerium.de/.../merkblatt...
Mit individuellen Fragen zur digitalen Einreiseanmeldung, z.B. bei Änderung des ursprünglich angegebenen Aufenthaltsortes oder fehlerhaften Angaben, müssen Sie sich an das zuständige Gesundheitsamt (https://tools.rki.de/PLZTool/) wenden.
Antworten auf häufig gestellte Fragen zu Reisebeschränkungen/Grenzkontrollen finden Sie auf der Internetseite des Bundesministeriums des Innern, für Bau und Heimat unter:
https://www.bmi.bund.de/.../coronav.../coronavirus-faqs.html.
5. Testung auf das Coronavirus SARS-CoV-2:
Das BMG kann nicht prüfen, ob im Einzelfall ein Anspruch auf einen kostenfreien Test oder Erstattung der Testkosten besteht. Bitte wenden Sie sich an die zuständigen Stellen in Ihrem Bundesland.
Informationen zur nationalen Teststrategie:
https://www.bundesgesundheitsministerium.de/ coronatest.html.
Nach Einreise aus dem Ausland:
https://www.bundesgesundheitsministerium.de/.../faq-tests...
6. Falschmeldungen:
Es werden Falschmeldungen verbreitet, die den Anschein erwecken, sie seien vom BMG. Dazu gehört z.B. ein angebliches „Diskussionspapier zu Maßnahmen gegen Erziehungsberechtigte die bzgl. der Covid-19-Impfung Ihrer Schutzbefohlenen eine ablehnende Verweigerungshaltung einnehmen".

Achten Sie bei vermeintlich sensationellen Nachrichten bitte sehr genau auf die Quelle der Information und überprüfen Sie diese. Die E-Mail-Adressen des BMG enden auf @bmg.bund.de. E-Mails mit anderen Endungen, z. B. @bundesministerium-gesundheit.com oder @bmgbund oder @bundesgesundheitsministerium.com, stammen nicht vom BMG. Anhänge aus E-Mails, deren Absender für Sie unbekannt ist, sollten nicht geöffnet werden.

Verlässliche Informationen finden Sie beispielsweise auf den unter Punkt 10 aufgeführten Webseiten.

7. Prämie:

Informationen zur Prämie für Beschäftigte in der Altenpflege und für Pflegekräfte im Krankenhaus können Sie auf der Internetseite des BMG (https://www.bundesgesundheitsministerium.de/pflegebonus) einsehen. Den Einzelfall vermag das BMG nicht zu bewerten.

Viele Berufsgruppen packen in der Krise mit an und leisten aufgrund ihrer beruflichen Position einen wichtigen Beitrag zur im internationalen Vergleich erfolgreichen Bewältigung. Die zusätzliche finanzielle Anerkennung in Form einer Prämie für Beschäftigte in der Altenpflege und im Krankenhaus ist insofern nicht so zu verstehen, dass andere wenig leisten.

8. Corona-Warn-App:

https://www.zusammengegencorona.de/.../corona-warn-app/...
https://www.coronawarn.app/de/faq/

9. Kindertagesstätte/Schule/Arbeitsplatz:

Informationen zum Kinderkrankengeld finden Sie auf der Seite des BMG:
https://www.bundes-gesundheitsministerium.de/. ../anspruch...
https://www.bundesgesundheitsministerium.de/.../faqs...

Informationen für Eltern bei Schul- oder Kitaschließungen hinsichtlich Entschädigungsansprüchen stellt das BMAS zur Verfügung:
https://www.bmas.de/.../Entsch.../entschaedigung-eltern.html.

Informationen des BMAS, insbesondere zu Arbeitsrecht und –schutz: https://www.bmas.de/.../Informa.../informationen-corona.html

10. Informationsquellen:

Aktuelle Regeln, Maßnahmen, Verordnungen und Informationen finden Sie auf den Webseiten:
https://www.bundesregierung.de/breg-de/themen/coronavirus
https://www.bundesgesundheitsministerium.de/coronavirus
https://www.zusammengegencorona.de/
https://www.rki.de/SharedDocs/FAQ/NCOV2019/gesamt.html
https://www.infektionsschutz.de/coronavirus/
www.dashboard-deutschland.de<http://www.dashboard-deutschland.de/>

Zu II. Prüfung von Einzelfällen:

Im Rahmen der Zuständigkeiten und Befugnisse gibt es keine Möglichkeit, Einzelfälle im BMG zu überprüfen bzw. hierzu wertende Stellungnahmen

abzugeben. Das BMG ist aus rechtsstaatlichen Gründen auch nicht berechtigt, über die Anwendung der gesetzlichen Vorschriften im Einzelfall zu entscheiden.
Informationen zu Beschwerden über die Kranken- und Pflegeversicherung finden Sie hier:
https://www.bundesgesundheitsministerium.de/.../beschwerd....
Informationen zu Behandlungsfehlern finden Sie unter:
https://www.bundesgesundheits-ministerium.de/.../behandlung...
Zu III. Aktuelle Vorhaben, Gesetze und Verordnungen sowie Auskunftsersuchen und fachliche Bewertungen
Das BMG ist gegenüber Anregungen und Vorschlägen sehr aufgeschlossen. Diese werden ausgewertet und dem zuständigen Fachreferat zur Berücksichtigung bei seiner Arbeit zugeleitet. Schriftliche individuelle Stellungnahmen sind jedoch nicht möglich.
Auch können keine Auskünfte zu der Ausgestaltung von eventuellen Neuregelungen erteilt werden, da sich diese noch im Bearbeitungsprozess befinden.
Ebenso nimmt das BMG keine fachlichen Stellungnahmen und Bewertungen zu Zeitungsartikeln und sonstiger aktueller Medienberichterstattung vor.
Informationen werden grundsätzlich gern zur Verfügung gestellt. Diese müssen jedoch auf Informationen, die Sie auf der Webseite des BMG, https://www.bundesgesundheitsministerium.de/, finden, begrenzt werden. Recherchen oder Antworten auf umfangreiche Fragen können nicht geleistet werden.
Sollten wir der Auffassung sein, dass Ihr Anliegen nicht abgedeckt ist, erhalten Sie eine weitere Antwort. Bitte haben Sie jedoch Verständnis, dass die Bearbeitung aufgrund der Vielzahl eingehender Anfragen einige Zeit in Anspruch nehmen wird.
Ihr Bürgerservice des BMG

Das war vor 4 Wochen. Eine Antwort (s. letzter Absatz der Antwort-e-Mail vom BMG) habe ich natürlich nicht erhalten. Ehrlich, ich habe diese Mail auch nicht gelesen; nach 3 Zeilen bin ich aufs Klo gegangen und habe gekotzt. Danach ging es mir schlagartig besser und ich habe mich wie Wilhelm Tell gefühlt:

Der Starke ist am mächtigsten allein!

Seither handhabe ich dieses Thema in meiner Praxis so, wie ich es für richtig halte!

Welt außerhalb der Vorstellung

Es ist Montagabend. Wir schreiben das Jahr 2021.
Ich schreibe an und in meinem Buch.

Als niedergelassener Arzt ist man heutzutage vor allem eines:
abhängig!
Abhängig von den Patienten, abhängig von Kassen und KVen,
abhängig
von gutem Personal, abhängig von noch so vielem mehr und vor
allem abhängig von der Technik. Man kann als Arzt, wenn man
denn wirklich nur Arzt und kein multitaskingfähiges
Supertalent ist, immer weniger, weil man im Grunde immer
mehr können muss. Die Anforderungen steigen und steigen.
Wie abhängig man als Arzt von der Technik ist, das glaubt im
Grunde so wirklich keiner. Fällt in einer Praxis einmal die
Technik aus, so scheitern Diagnostik und Therapie und versagt
der Arzt. Eine heutige Arztpraxis ist mit so viel Technik
vollgestopft, wie man sich das zu Zeiten von Star Treck niemals
hätte vorstellen können! Und damit diese Technik, die man
übrigens für teuer Geld angeschafft hat oder least, im Ernstfalle
niemals ausfällt, schließt man haufenweise Versicherungen und
Wartungsverträge ab, um im Katastrophenfall entsprechende
Hilfe zu bekommen. Und was bekommt man dafür im
Katastrophenfall häufig? - NICHTS!

Was braucht der Arzt alles so an Technik in seiner Praxis? Nun,
da ich ja nur Hausarzt bin, kann ich im Grunde nur für mich
sprechen. Nun ja, was braucht man denn so in einer
Hausarztpraxis? Nun ja, das hängt davon ab, was Herr / Frau
Doktor so macht. Biete ich denn ausschließlich und nichts
anderes als klassische Homöopathie an, dann brauche ich
überhaupt keine Technik, vielleicht noch elektrisches Licht, will
man nicht nur bei Kerzenlicht arbeiten, aber auch das ginge in
diesem Falle. Denn so etwas wie klassische Homöopathie ist
zum einen eine reine Selbstzahlerleistung in diesem Lande, zum

anderen reicht das, wenn man das Rezept auf ein Stück Papier schreibt, denn dieses beschriebene Stück Papier muss in einem solchen Falle nicht mit Technik bearbeitet und abgerechnet werden.

Da ich aber Kassenarzt bin und zudem Sportmediziner und Leistungsdiagnostik anbiete, benötige ich viel Technik. Ich brauche PCs, Drucker, Telefonanlage, labordiagnostische Tools, EKG, Langzeit-EKG und Langzeit-Blutdruckmessung, Belastungs-EKG und Lungenfunktionsdiagnostik. Ich hoffe, ich habe in meiner Aufzählung nichts vergessen. Und alle diese technischen Gerätschaften habe ich für teuer Geld gekauft oder geleast. Und Versicherungen abgeschlossen. Und Wartungs-verträge.

Ich schreibe das alles nicht aus Jux und Tollerei. That`s real Life! Wie das in diesem unserem Lande mit Hilfe im Katastrophenfall ausschaut, will ich im Folgenden kurz beschreiben.

Sehr geehrte Damen und Herren!

Ich bin seit 2016 Kunde Ihrer Firma und habe ein reichhaltiges Arsenal (EKG, LZ-EKG, LZ-RR, Ergometrie, LUFU) aus Ihrem Repertoire in meiner Praxis in Benutzung.

Ich hatte heute Vormittag (ein Samstag im Frühsommer 2021) 2 Patienten zu diagnostischen Terminen (EKG, Ergo, LUFU) einbestellt und es hat nichts, aber wirklich gar nichts funktioniert! (Am Tag zuvor schon…)

Ich habe Ihre Handbücher zu Rate gezogen und Dr. Google befragt und konnte mir nicht weiterhelfen. Ich habe meinen IT-Techniker meines IT-Systemhauses angerufen und er hat den Server überprüft und nichts gefunden.
Und ich habe Ihnen Mails über die Fehler geschickt.

Ich brauche Hilfe!!!!

Da ich von einem einwandfreien Funktionieren der Geräte abhängig bin und weder Lust noch Zeit habe, jetzt ein Ticket zu ziehen und dann vier Wochen auf Bearbeitung zu warten, biete ich hiermit einem kompetenten Servicetechniker Ihrer Firma:

*- **2000 Euro**, wenn er/sie mir bis folgenden Montagabend hilft, das Problem per Fernwartung zu lösen!*

*- **3000 Euro**, wenn er/sie mir das Problem bis folgenden Montag, um 08.00 löst!*

*- Ich lege noch einmal **1000 Euro** drauf, wenn er/sie mir das Problem vor Ort in meiner Praxis löst!*

Ich bin via Handy ständig zu erreichen und melde mich umgehend zurück, falls ich nicht drangehen kann!!!

Hilfesuchend,

Dr. med. Doof

Und was ist die Moral von der Geschicht?
- Der berühmte Satz von Oscar Wilde[49]:

Als ich klein war, glaubte ich, Geld sei das wichtigste im Leben. Heute, da ich alt bin, weiß ich: Es stimmt.

Nachtrag: Der Regionalvertriebsleiter der Firma war tatsächlich am folgenden Montag um 08.00 bei mir in der Praxis...

Welt außerhalb der Vorstellung. Zwischenbilanz

Es ist Freitagmorgen, noch sehr früh. Wir schreiben das Jahr 2021.
Ich schreibe in mein Buch.

Warum tust Du das?

Ich habe natürlich immer wieder meine Momente, in denen mir Zweifel kommen.

Warum hast Du Dich dazu entschieden, dies alles zu schreiben und öffentlich zu machen?

Ich denke nach. Es sind viele Dinge, die mir hierzu einfallen. Es geht nicht um mich, nicht nur, höchstens auch. Ich habe großes Glück, sehr großes sogar. Ich bin Arzt, Landarzt und habe tagtäglich Menschen vor mir sitzen, die die gleichen Probleme, Sorgen und Nöte haben wie ich selbst. Die sich darin aufreiben, daran erkranken und schlimmstenfalls daran zerbrechen. Ich habe zu lange zu den Dingen, die mich aufreiben, an denen ich erkrankt und am Ende fast zerbrochen bin, geschwiegen. Wut, Enttäuschung und Bevormundung durch diejenigen, die besser reden können und konnten als ich und die mächtiger sind und waren als ich und Macht über mich besitzen und besaßen.
Heute habe ich das Glück, erkennen zu dürfen, dass ich nicht allein damit bin, nein, ich erkenne es jeden Tag aufs Neue, dass ich es nicht bin. Ich habe großes Glück, dass mir mein Beruf die Möglichkeit gibt, das zu erkennen und mich damit auseinanderzusetzen.
Jeder Mensch, der mit einem Problem vor mir sitzt, sei es gesundheitlich-körperlicher, sei es gesundheitlich-psychischer oder sozialer Natur, denkt immer, dass er mit seinem Problem allein sei. Warum denkt er das? Weil er den tiefen inneren Schmerz, den sein Problem verursacht, nur in sich selbst spürt. Kein anderer versteht seinen Schmerz. Somit fühlt er sich

missverstanden. Das schmerzt ihn noch mehr. Keiner ist in der Lage, die Ursache seines Schmerzes zu erkennen. Keiner ist in der Lage, sein Problem zu sehen, zu analysieren und eine Lösung zu finden. Keiner, auch er selbst nicht.

Das ist das Gefühl der Ohnmacht pur.

Und dieses Gefühl der Ohnmacht kann so viele andere Gefühle hervorrufen. Wut, Hass, aber auch Verzweiflung und Depression. Ich selbst kenne das gut, dieses Gefühl der Ohnmacht und wie es, auch heute, immer noch Wut, Hass oder Verzweiflung in mir hervorruft. Aber zum Glück immer seltener Depression. Seit einigen Jahren ruft die Ohnmacht auch etwas in mir hervor, was ich in jungen Jahren, vielleicht bis Mitte vierzig, so gar nicht in mir kannte: Mut!

Mut, zu sagen, was ich denke, wenn ich bestimmte Zustände als nicht richtig im Sinne von ungerecht erkenne. Mut, auch einmal unkonventionelle Wege zu gehen, wenn die bekannten Pfade abgelaufen sind und nicht weiterführen. Mut, zu handeln, in Situationen, in denen ich in früheren Jahren aus Angst, Ehrfurcht und falschem Respekt in Lethargie erstarrte. Mut, zu sein, wer ich bin. *Ich wollte ja nichts, als das zu leben versuchen, was von selber aus mir herauswollte. Warum war das so schwer?* Dieser Satz aus dem *Demian* von Hermann Hesse begleitet mich auch heute immer noch. Aber der Mut, den ich früher nicht kannte, hilft mir heute, mit der Schwere, aus mir herauszuwollen, besser umzugehen. Mit der Depression, die dahintersteckt, besser klarzukommen.

Der Mut gibt mir heute die Möglichkeit, zu sein. Ich lasse mich heute nicht mehr beeindrucken von Menschen und Institutionen, die eine künstliche Macht über mich ausüben wollen. Klar, ich bin ein Teil einer Gesellschaft und habe mich an gewisse Regeln und eine Ordnung zu halten. Will ich ja auch, ich habe keine prinzipielle Abneigung dagegen. Ich bin sogar ein großer Freund von Regeln und Ordnungen. Aber was tun, wenn die Regeln keine Ordnung schaffen, wenn sie das Leid, das sie eigentlich abschaffen sollen, nur noch vergrößern? Wenn sich

aus lauter Unordnung keiner mehr an die Regeln hält? Soll ich
es denn dann genauso tun? Soll ich sagen:

Nun ja, das ist halt so?

Was ruft das in mir hervor? - Das Gefühl der Ohnmacht!
Und das erzeugt Wut, Hass und Verzweiflung und Depression.
Und das tut es nicht nur in mir. Es erzeugt dies bei allen, die vor
mir sitzen, die es vielleicht nicht erkennen, denn das ist nicht so
einfach, die es aber spüren, dass mit vielen Regeln, die wir uns
aufstellen und so mancher Mächtige aufstellt, etwas nicht in
Ordnung ist und dass es in Ihnen Leid erzeugt. Ich könnte
hunderte, vielleicht tausende über die Jahre gemachte
Erfahrungen und Beispiele hierzu nennen und werde das
irgendwann und gewiss auch immer wieder einmal tun.
Es gibt ein tolles Beispiel zum Thema Macht und Mut aus dem
neuen Testament. Ich nutze häufig das Neue Testament als
Fundgrube für Beispiele und Gleichnisse, nicht weil ich ein
besonders christlicher Mensch bin, nein, weil die Beispiele gut
sind und sie die Menschen und die Gesellschaft, in der sie leben,
gut widerspiegeln.

*Da sprach Pilatus zu Jesus: Redest du nicht mit mir? Weißt du nicht,
daß ich Macht habe, dich zu kreuzigen, und Macht habe, dich
loszugeben? Jesus antwortete: Du hättest keine Macht über mich, wenn
sie dir nicht wäre von oben herab gegeben; darum, der mich dir
überantwortet hat, der hat größere Sünde. Von da an trachtete Pilatus,
wie er ihn losließe. Die Juden aber schrieen und sprachen: Lässt du
diesen los, so bist du des Kaisers Freund nicht; denn wer sich zum
König macht, der ist wider den Kaiser.*
*Da Pilatus das Wort hörte, führte er Jesum heraus und setzte sich auf
den Richtstuhl an der Stätte, die da heißt, Hochpflaster, auf hebräisch
aber Gabbatha. Es war aber der Rüsttag auf Ostern, um die sechste
Stunde. Und er spricht zu den Juden: Sehet, das ist euer König! Sie
schrieen aber: Weg, weg mit dem! kreuzige ihn! Spricht Pilatus zu*

ihnen: Soll ich euren König kreuzigen? Die Hohenpriester antworteten:
Wir haben keinen König, denn den Kaiser (Joh. 19;10).

Ich stelle mir nochmals meine Eingangsfrage:

Warum tust Du das, warum schreibst Du das?

Ehrlich gesagt, ich weiß es nicht genau, aber ich habe eine
Ahnung.
Ich habe heute immer noch Respekt vor der Macht, Machthabern
und Machtverhältnissen wie die meisten Menschen, die vor mir
sitzen und mit und neben mir leben.

Aber ich habe keine Angst mehr davor…

Anhang

[1]Arthur Schopenhauer (1788-1860), deutscher Philosoph
[2]Immanuel Kant (1724-1804), deutscher Philosoph
[3]WHO
[4]Friedrich Nietzsche (1844-1900), deutscher Philosoph
[5]Mark Rutten, damals 3niederländischer Ministerpräsident
[6]Jens Spahn, damals Bundesgesundheitsminister
[7]Richard Becker: *Theorie der Wärme*, Heidelberg 2013
[8,9] Wikipedia
[10]Kassenärztliche Bundesvereinigung
[11]Kassenarzt-beamten-infoportal.de
[12]Satz, der rückwärts gelesen genau denselben Text oder Sinn ergibt
[13]DRG 2019
[14]Deutsches Ärzteblatt, Jg. 108, Heft 18
[15]Wikipedia
[16]Grundgesetz, Art.1 Abs.1
[17]s. Anfang: (*Über Freud und Leid, S.15*)
[18]Novalis (1772-1801), deutscher Dichter
[19]Abkürzung, bei der Wörter oder Wortgruppen auf ihre Anfangsbestandteile gekürzt werden
[20]Wikipedia
[21]Wikipedia
[22]Einheitlicher Bewertungsmaßstab
[23]Medical Tribune, Juli 2020
[24]Wikipedia
[25]Wikipedia
[26]Martin Luther (1483-1546), deutscher Reformator
[27]*Wer Ohren hat zu hören, der höre*
[28]Heiner Lauterbach, SPD-Politiker, ab 2021 Bundesgesundheitsminister
[29]Sokrates (469-399 v. Chr.), griechischer Philosoph
[30]Verkünder des Götterwillens.

[31]Vierdimensionaler Raum, in dem sich die Relativitätstheorie elegant formulieren lässt.

[32]Lobredner

[33]Ludwig Wittgenstein (1889-1951) deutscher Philosoph: *Tractatus logico-philosophicus*

[34]Wikipedia

[35]Grundgesetz, Art. 1 Abs. 1

[36,37]Wikipedia

[38]Max Scheler (1874-1928), deutscher Philosoph

[39]s. Anfang (*Über Freud und Leid, S.15*)

[40]Deutsches Ärzteblatt 1999; 96(30)

[41]*Bescheidenheit ist ein Zeichen von Weisheit*

[42]Franz Beckenbauer (1945-2024), deutscher Vorzeigefußballer, Trainer und Funktionär

[43]Thomas Mann (1875-1955), deutscher Schriftsteller, Nobelpreis für Literatur 1929

[44]Lobredner

[45]Rhetorisches Stilmittel, bei dem zwei oder mehr Wörter mit gleichem Anfangsbuchstaben kurz hintereinander verwendet werden

[46]Wortgewandtheit

[47]*Hättest Du geschwiegen, wärst Du Philosoph geblieben*

[48]Asterix: Die Lorbeeren des Cäsar (Band 18)

[49]Oscar Wilde (1854 – 1900), irischer Schriftsteller